Lied der Hühner

AF209225

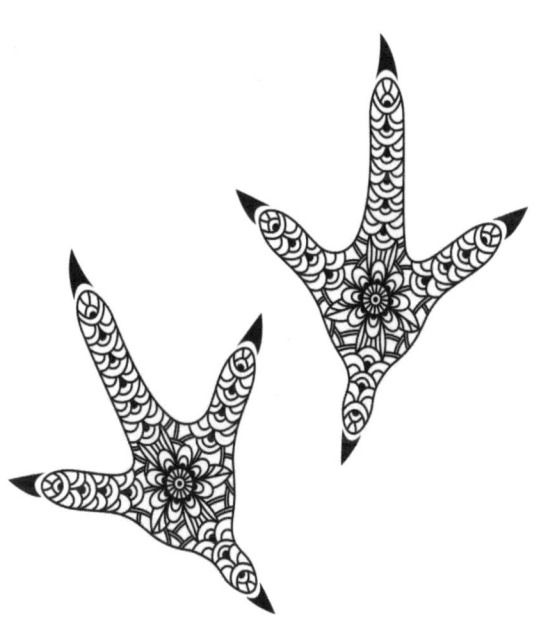

Über den Herausgeber:

AXEL DORNEMANN, Jahrgang 1951, studierte Slawistik und Germanistik, promovierte über Tolstoj und Kafka und war danach in renommierten Verlagshäusern tätig. Er veröffentlichte literaturwissenschaftliche Arbeiten und edierte mehrere literarische Anthologien, zuletzt das Lesebuch „*Heimwehland*" über Flucht und Vertreibung der Deutschen 1945 (2018) und „*Sie sind noch weit entfernt vom Verständnis für die Behörde*. Unversöhnliche Bürokratiegeschichten von Comenius bis Stephen King" (2021).

Bei BoD publizierte er 2022 die wissenschaftliche Untersuchung „*Das geteilte Deutschland in der Literatur der alten Bundesrepublik 1949 bis 1990 (2015)*. Eine annotierte Bibliographie", ein Jahr darauf das satirische Geschenkbuch „*Besuch kommt von Heimsuchung*. Worte und Widerworte aus aller Welt zu einem nicht immer reinen Vergnügen – doch mit gutem Ausgang". Mit Zeichnungen von Ute Freiburger.

Lied der Hühner

Geschichten um Hahn und Henne

Aufgepickt von Axel Dornemann

Bibliografische Information der Deutschen Nationalbibliothek:
Die Deutsche Nationalbibliothek verzeichnet diese Publikation in der Deutschen Nationalbibliografie; detaillierte bibliografische Daten sind im Internet über http://dnb.dnb.de abrufbar.

Verlag: BoD · Books on Demand GmbH, Überseering 33, 22297 Hamburg, bod@bod.de
Druck: Libri Plureos GmbH, Friedensallee 273, 22763 Hamburg
ISBN: 978-3-7693-1720-6

Inhalt

5

*****

Hühnerhaufenkapitel
Zweite Hälfte **155**

Redaktionelle Hinweise:

1. Mit einem Asterisk (*) versehene Überschriften wurden vom Herausgeber formuliert. Die originale Überschrift ist dann jeweils dem Auroren- und Quellenverzeichnis zu entnehmen.

2. *Kursiv* gesetzte Texte *vor* den Anthologiebeiträgen stammen vom Herausgeber. – Das gilt gleichfalls für die erklärenden Hinweise in eckigen Klammern [...] innerhalb der Beiträge.

3. Die am Ende der Texte in runden Klammern (...) stehenden Jahreszahlen geben zunächst das Geburts(-und Sterbe)jahr der Autorin / des Autors an; die Jahreszahl nach dem Semikolon das Entstehungs- oder Jahr des Erstdrucks des Werkes an – vorbehaltlich aller editionsgeschichtlicher Ungewissheiten und damit ohne Gewähr.

4. Auf eine vereinheitlichende moderne Schreibung der aus mehreren literarischen und Druckepochen stammenden Texte wurde in der Regel zugunsten der Erhaltung des historischen Charmes verzichtet. Verzichtet wurde auf die Wiedergabe der bis ins 19. Jahrhundert üblichen Darstellung der Umlaute ä, ö und ü mit kleinem e über dem Buchstaben.

„Was machen die Hühner und Kaninchen?"

fragt der junge Richard Schlosser kurz vor Eintritt in den Krieg seinen Vater in einem Brief vom 27. Februar 1944. Gerhard Henschel: Die Liebenden. Roman. 2002

*

Jetzt um fünf Uhr schon wurde es überall zu Seiten des Ganges lebendig. Dieses Stimmengewirr in den Zimmern hatte etwas äußerst Fröhliches. Einmal klang es wie der Jubel von Kindern, die sich zu einem Ausflug bereitmachten, ein andermal wie der Aufbruch im Hühnerstall, wie die Freude, in völliger Übereinstimmung mit dem erwachenden Tag zu sein, irgendwo ahmte sogar ein Herr den Ruf eines Hahnes nach.

Szene aus dem Schaltzentrum der Dorfbürokratie der hohen Schlossverwaltung.
Franz Kafka. Das Schloss. 1926

Zu diesem Buch

Im Juli 2022 strahlte der Radiosender Deutschlandfunk Kultur ein außerordentlich anregendes einstündiges Feature von Rolf Cantzen zum Thema „Hühner in der Weltliteratur" aus, den die Redaktion mit der reißerischen Überschrift „Die pickende Katastrophe" versehen hatte und der die Zuhörerschaft mit folgendem Einladungstext aufhorchen ließ. „Hühner sehen nett und ungefährlich aus, doch ihr plötzliches Erscheinen in literarischen Texten lässt nichts Gutes ahnen. Fliegen können sie kaum, krähen sehr wohl, am lautesten zur Unzeit, und Angst ist ihr ständiger Begleiter. Mit Hühnern ist kein Staat zu machen. Ihre Bedeutung in der Literatur sollte man jedoch nicht unterschätzen: ein Huhn im Text verkündet Unheil."

Keine Angst, soo schlimm wird es nicht werden in diesem Buch, aber harmlos wie zu Zeiten der Schulfibeln und Lesebücher, in denen über Jahrhunderte hinweg das Huhn zwar poetisch umschmeichelt, jedoch in nur bescheidenem Maße als literarische Figur ernst genommen wurde, kann es selbstredend heute nicht mehr zugehen. In jenen ABC-Büchlein und Lesebüchern trafen Kinder und Heranwachsende auf anrührende Hühnerporträts. Eine große Rolle spielte einerseits die Vorbildfunktion der Hühner-Familie Hahn-Henne-Kü(c)ken (alter Sprachgebrauch: „Küchlein") für die menschliche Familie (kraftvolles Oberhaupt und Mutterliebe), andererseits erhob sich nur allzu gern der Zeigefinger des Pädagogen, wie etwa der des seinerzeit viel bemühten Pfarrers, Kinderlied- und Fabeldichters Wilhelm Hey (1789-1854):

Küchlein
„Küchlein, Küchlein! Leichtsinnig Kind!
Wohin läufst du nun wieder so geschwind?
Durchkriechst gleich alle Winkel und Ecken,
Willst immer gern etwas Neues entdecken;
Und siehst du dann deine Mutter nicht,
Gleich schreist du so kläglich, du armer Wicht. "

Das Küchlein lief in den Garten hinein;
Bald hört' es die Mutter ängstlich schrei'n;
Da suchte sie's auf mit Müh' und Not;
Vor Ängsten und Schrecken war's halbtot.
Schnell unter die Flügel kroch 's ihr nun
Und denkt: ich will's nimmermehr wieder tun.

Es war ein weiter Weg vom Tier als künstlerische Nebenfigur zum Geschöpf aus Fleisch und Blut mit eigenem Charakter oder gar als Titel- und Hauptfigur (es seien nur genannt der Roman „Moby-Dick; oder: Der Wal" Herman Melvilles [1851] oder Franz Kafkas Affe in der Erzählung „Ein Bericht für eine Akademie" [1917]). Kunst und Literatur sind ohne Tiere nicht denkbar, und das war von ihren Anfängen an der Fall. In der darstellenden Kunst bildeten sie vermutlich die ersten Motive, man denke nur an die Höhlenmalerei, und auch die Literatur kam nie ohne sie aus. „In der Literatur sind ihre Spuren durch die ganze Geschichte zu verfolgen. Tiere sind in Büchern – wie in der wirklichen Welt – allgegenwärtig

[. . .] Kaum ein Roman, eine Novelle, eine Erzählung kommt ohne Tiere aus, und Gedichte sowie Theaterszenen mit entsprechendem Vorwurf [*Vorbild, Stoff*] sind Legion; selbst wenn diese Stiefgeschwister des Menschen, seine Nachbarn, darin nur eine Nebenrolle spielen oder zum stimmungsschaffenden Zubehör gehören, sind sie doch unentbehrlich."[1] Gleichzeitig ist einzuräumen, dass der Schöpfer literarischer Tiere immer dem Menschengeschlecht angehört. Das ist nun einmal nicht zu ändern, auch wenn der Dichter und Schriftsteller noch so sehr bestrebt ist, dem Tier eine eigene Seele und Persönlichkeit einzuhauchen. Wir müssen wohl noch einen Schritt weiter gehen: „Wenn in der Literatur von Tieren die Rede ist, dann sind Menschen gemeint."[2] Hinter geschildertem Leid des Tieres steckt in der Regel der Mensch oder vom Tier wird auf uns zurückverwiesen. Ein wunderbares Beispiel für dieses Wechselverhältnis bietet eine Szene in dem Roman „Cold Mountain" (deutscher Titel: „Unterwegs nach Cold Mountain") des nordamerikanischen Schriftstellers Charles Frazier aus dem Jahre 1997. In ihr kommt es zwischen einem Hahn und einer jungen Frau zu einem erbitterten Kampf, weil das

---

[1] Hans Schumacher: „Die armen Stiefgeschwister des Menschen. Das Tier in der deutschen Literatur". Zürich, München 1977, S. 7.

[2] Unter diese Grundthese stellte der Literaturwissenschaftler Mag. Dr. Martin Neubauer sein Seminar „Tiere in der Literatur" im Sommersemester 2020 am Institut für Germanistik an der Universität Wien.

Tier sich beim Geschlechtsakt mit einer Henne im Gebüsch beobachtet sieht, die zufällige menschliche Zeugin deshalb wütend angreift und sie für diese Störung seiner Intimsphäre ziemlich zurichtet.

Zurück zum Huhn. Es ist seit geraumer Zeit ein wahres Kultobjekt: Zahllose Ausstellungen, Fernsehdokumentationen und -serien, Radiosendungen sowie Feuilletonseiten der Zeitungen und Zeitschriften über das Huhn als Begleiter und Ernährer des Menschen von seiner Frühzeit an, über seine große Bedeutung in der Kulturgeschichte bis hin zu seiner profanen Existenz als neues Knuddeltier bei Jung und Alt zeugen davon. Geflügelmuseen, unzählige Vereinigungen von Hühnerfreunden sowie Einzelpersonen haben das Federvieh für sich entdeckt. Man kann sich Hühner inzwischen für seinen eigenen Garten mieten oder, wie im hessischen Hanau, sich in der Wohnanlage um Hühner in Hühnerhäusern kümmern, von der Baugesellschaft erstellt.

Und erst das Huhn in der Bücherwelt! Die Zahl der Neuerscheinungen – ein Gutteil von ihnen Übersetzungen ins Deutsche, denn die Hühnereuphorie ist in anderen Ländern ähnlich groß – steigt ständig; Hühner-Versteh- und Zuchtbücher, wissenschaftliche Untersuchungen, Kochbücher, Fotokunstbücher, Bildkalender. Auch Kinderbücher, Hühnerromane, Comics und vieles mehr stellen uns nahezu alle Aspekte von Henne und Hahn vor. Das Huhn ist zum „Gallus Archipelago" aufgestiegen, wie der US-amerikanische Autor Andrew Lawler in seinem atemberaubenden Buch „Why did the chicken cross the world?" von 2014 nachweist. In ihm erzählt er, so der Untertitel seiner Veröffentlichung, „the epic saga of the bird that powers civilization"! (Kaum zu verstehen, dass dieser wissenschaftliche Hühnerthriller bislang nicht ins Deutsche übersetzt wurde.)

Dennoch wagt sich bei einer solch dichten und dschungelhaften medialen Präsenz des Huhns der vorliegende literarische Reader an die Öffentlichkeit, fehlte doch ein Buch wie dieses bislang. Eine beträchtliche Anzahl von Tieren ist schon längst zu ihrem Recht gekommen, einmal im Mittelpunkt gattungsübergreifender literarischer Aufmerksamkeit zu stehen. Es liegen exklusive Anthologien über Hunde, Katzen, Pferde, Schweine, Affen, Vögel, Meerestiere, ja sogar Wanzen vor[3], aber eben nicht über Hühner. Hier nun erwartet den Leser eine Auswahl an literarischen Perlen, in denen bekannte und wiederzuentdeckende Autorinnen und Autoren das geliebte Federvieh in den Mittelpunkt ihres Schreibens gestellt haben. Die Ausbeute der Recherche war groß, die Endauswahl daher schwer, ja mitunter schmerzlich. Sie vereint Texte vom 17. Jahrhundert, der Barockzeit, an und führt bis in die unmittelbare Gegenwart. Kurzweiligkeit entwickelt sich rasch, so die Hoffnung des Herausgebers, durch die Mischung von Lyrik und erzählender, feuilletonistischer und essayistischer Prosa. Die Beiträge des umfangreichen Hauptkapitels bilden ein buntes Kaleidoskop, dessen Gesamtbild gerade durch das Fehlen einer kaum konstruierbaren Systematik geprägt ist. Sie in ein strenges thematisches oder chronologisches Korsett zu zwängen, wäre eine besondere Art von Tierquälerei gewesen. Was lag da näher, als in den Gedichten und Prosastücken dieses Großkapitels einen wuselnden literarischen

---

[3] „Literarische Wanzen. Eine Anthologie. Nebst einer kleinen Natur- und Kulturgeschichte". Hrsg. von Klaus Reinhardt, Berlin 2014.

Hühnerhaufen zu sehen und es auch so zu überschreiben? Die Hühnergemeinde sei um Nachsicht hierfür gebeten.

Die Journalistin Sandra Binkenstein beschäftigte sich im Oktober 2023 in ihrer Kolumne „Warum wir Hühner einfach lieben müssen" mit deren liebenswerten Ticks und beschloss   ihren Lobgesang auf die verrückten Hühner folgendermaßen: „Es ist mir nicht klar, warum noch niemand auf die Idee gekommen ist, einen Aufenthalt im Hühnergehege als Wellness für gestresste Städter zu verkaufen. Vergessen Sie das Waldbaden, den Alpaka-Spaziergang, das Heu-Hotel und die Meditation am Strand. Ich bin überzeugt: Was die Menschheit braucht, sind große Gehege, in denen man Hühnern dabei zusehen kann, wie sie den lieben langen Tag lang Hühnerdinge tun." – Und vielleicht dieses Buch lesen?

Axel Dornemann

———————————

Redaktionelle Hinweise siehe Seite 11.

CARL J. STEINER

Das Huhn

nach seiner Stellung in Mythologie und Volksglauben, in Sitte und Sage, in Geschichte und Literatur, in Sprichwort und Volksfest

Der Hahn

Der Haushahn, der Herr des Hofes und Beherrscher des zahlreichen Hühnervolkes, ist ganz Würde und Vornehmheit und bewahrt stets einen edlen Anstand, sei es, daß er an der Spitze seines Harems stolz einherschreitet, sei es, daß er einer Lieblingshenne den Hof macht, oder daß er mit seinen dummen Weibern schilt. Wie herausfordernd-selbstbewußt klingt sein schmetternder Ruf, wenn er vom erhabenen Sitze herab die Häupter seiner Lieben und seinen ganzen Hofstaat überblickt; dann trompetet er flügelschlagend sein „Luter riek Lüt!" (lauter reiche Leute); hat ihm aber das Schlachtmesser eine seiner schönsten Haremsfrauen geraubt, oder versetzt ihn schlechtes Wetter und Mangel an Unterhalt für seine Familie in Traurigkeit, dann ruft er betrübt: „Et sieht trurig ut!" (Es sieht traurig aus!) Fängt es aber gar zu regnen an, so flüchtet er wehklagend: „O große Not!"

Es giebt wohl kaum einen anderen Vogel, der so populär ist, wie unser Haushahn. Bei den Alten war der Hahn ein heiliger Vogel und als solcher verschiedenen Göttern, vornehmlich dem Mars und der Minerva, wegen seiner Klugheit, Tapferkeit und Wachsamkeit geweiht. Die Römer teilten offiziell die Zeit nach dem ersten, zweiten und dritten Hahnenschrei ein und ließen die

Gabe des Hahnes, den kommenden Morgen zu verkündigen, göttlichen Ursprungs sein. Alektryon, ein Liebling des Mars, wurde von Jupiter einst zu einem Wachdienst verwendet – so erzählt die Sage –, kam dem Auftrage aber nur sehr mangelhaft nach und ward daher von dem Göttervater zur Strafe in einen Hahn verwandelt, als welcher er nun stets den Aufgang der Sonne anzeigen muß. – Auch die Landsknechte des Mittelalters führten Hähne mit sich auf ihrem Wagen, um aus ihrem Krähen die Zeit für die Ablösung der Wache zu bestimmen. Da sein Ruf aber außerdem die Veränderungen des Wetters anzeigt, so gilt er auch noch als Hausprophet. Bei den Griechen war der Hahn dem Äskulap heilig, und sie opferten demselben einen weißen Hahn, wenn sie von einer Krankheit Genesung gefunden (Sokrates).

Ferner ließen die Griechen von Hähnen Körner fressen, welche auf Buchstaben lagen, um so die Zukunft zu deuten. Diese „Alektryomantie" ward von ihren Priestern als besondere Wissenschaft gepflegt. – Der Aufwecker des Tages, der himmlische Hahn, ist in der Persermythologie das edelste Bild des geflügelten Heeres. In der deutschen Volkssage ist der Hahn in roter oder schwarzer Gestalt dem Donar als Gewittervogel angehörend, wie auch als Symbol der Flamme Loki, dem bösen Feuergott, geweiht. Wenn er seine Flügel ausbreitet, so schlagen Feuerbrände unter ihm auf. Die Indianer glauben in gleicher Weise, daß das Flügelschlagen des P u t - hahns den Blitz hervorrufe. Es deutet hierauf der noch der heute gebräuchliche Ausdruck für Brandstiftung: „den roten Hahn aufs Dach setzen". Doch ist der Hahn, obgleich die rote Hahnfeder, die der Teufel am Hute trägt, auf den schwarzroten Hahn hinweist, welcher in des Sälen Hels kräht, auch Sinnbild des Tageslichtes und als solcher Gegner alles unheimlichen Zaubers, so daß vor dem Hahnenkrähen Teufel und Gespenster weichen. Wundersam prächtig stellt sich der Mohammedaner nach dem Koran den himmlischen Urhahn vor, der als Chorführer aller irdischen Hähne gilt. „Er ist weiß; seine Flügel sind mit Smaragd und Karfunkel übersäet und reichen vom Aufgang bis zum Niedergang; von seinem Kamm bis zu seinem Sporn reiset man stetig fünf Jahrhunderte. Täglich um die Frühstunde erhebt er seine Stimme. Sie dringt durch alle Räume des Weltalls; alle Kreatur vernimmt sie, nur das taube Menschengeschlecht nicht; ihr antwortet der Chorruf der Hähne hienieden. Am Ende der Tage aber wird Allah zu ihm sprechen: ‚Zeuch [*zieh*] ein dein Flügelpaar und schweige, damit alle Kreatur wisse, daß der Tag des Gerichts da ist; nur dem Menschengeschlecht sei es verborgen!‘ “

Die Bibel nennt das Siebengestirn [Ergänzung: *der Plejaden*] „Glucke“, z. B. Hiob 9, 9.

Bei Mohammed ist der Hahn Wächter der himmlischen Heerscharen, wie er auch als Haremsbesitzer zu den Söhnen des Islams in Verbindung steht. Ein hübsches Rätsel, welches hierauf Bezug hat und dessen Auflösung „Der Hahn“ ist, findet dabei ein Plätzchen:

„An Mohammed: / Mohammed, im Kreis der Weiber singe ich: / Du bist mein Freund! / Öffne ich verschloss'ne Leiber, geb' ich Wein, / Bist du mein Feind! / Und doch werde ich erhöhet, bin ich so wie du Prophet.“

In dem zweiten Verse ist hier der Hahn am Fasse gemeint, wie man ja auch von einem Hahn am Gewehr spricht und ferner einen Hahn in Fibeln auf dem Titelblatt abbildete, um durch sein Sinnbild die Kinder zum

Frühaufstehen zu mahnen. Bekannt ist die Verbesserung Hans Ballhorns, welcher dem Hahn Eier unterlegte, woher der Ausdruck „verballhornisieren" rührt. [*Die neuere Forschung hat allerdings den im 16. Jahrhundert lebenden Lübecker Buchdrucker Johann Balhorn – so richtig – rehabilitiert.*] Auch giebt man den Wetterfahnen auf dem Dache gewöhnlich die Form eines Hahnes und pflegt endlich den männlichen Vogel im allgemeinen Hahn zu nennen, z.B. Kanarienhahn. So steht der Hahn mit den verschiedensten Dingen in Verbindung. Im Sprichwort kommt er häufig vor. Es heißt da: „Der Hahn ist kühn auf seinem Mist"; „Der Hahn hat ebenso viel Flügel als der Falk, kann dennoch nit so hoch fliegen"; „Hahn im Korbe sein"; „Ein guter Hahn wird selten fett"; „Der Hahn lehrt nicht die Sonne aufgehen, der Sonnenaufgang lehrt ihn krähen"; „Der Hahn kann nicht so viel zusammentragen, als die Henne verscharren mag"; „Ein Hahn zwingt zwölf Hennen, ein Weib halb so viel Männer"; „Viel besser krähet jeder Hahn, so er die Kehle feuchtet an"; „Gescheite Hähne frißt der Fuchs auch"; „Zwei Hähne taugen nicht auf einen Mist"; „Junge Hähne und alte Fische sind beliebt auf jedem Tische"; „Wenn er redet, kräht der Hahn auf der Kirche"; „Es kräht kein Hahn danach".

[…]

Mit den Hahnenkämpfen, die England jetzt noch leidenschaftlich pflegt, verknüpften die Germanen eine Art Gottesurteil. Nach einer älteren Sage soll Karl der Große sogar den Teilungsplan seiner Lande von einem Hahnenkampfe zu Kempten abhängig gemacht haben. Wie die Engländer, lieben auch die Battas auf Sumatra die Hahnenkämpfe, zu denen sie in Sturm und Wetter stundenweit laufen. Die größten und stärksten Hähne sind vorher zu diesen Gefechten abgerichtet, und stolz auf seinen Kämpfer schreitet der Besitzer desselben mit ihm zur Wahlstatt. Hier werden die Hähne mit kleinen Messern an den Füßen bewaffnet, und es bilden sich Parteien, die sich für den Sieg des einen oder anderen interessieren. Aufs höchste gereizt, werden die von ihren Besitzern gehaltenen Tiere auf einander losgelassen. Selten dauert der Kampf länger als eine Minute, aber die Zuschauer verfolgen jede Bewegung mit der erregtesten Teilnahme und begleiten besonders den Triumph des Siegers mit lautem Jubelgeschrei. Solcher Kämpfe werden dann unter dem entsetzlichsten Geschrei und den leidenschaftlichsten Gebärden der versammelten Menge wohl zehn und mehr hintereinander gehalten, wobei in der Regel ebenso viele Tote auf dem Schlachtfelde bleiben. Ihr Fleisch wird dann unter anwesende Bekannte verteilt, und zufrieden mit seiner Beute zieht jeder nach Hause. –Das sogenannte Hahnenschlagen und allerlei Hahnengebräuche an Erntefesten sind in manchen Gegenden noch üblich. – Swantewit [*vierköpfige Gottheit der früheren Slawen vor allem auf der Insel Rügen*] hat als Attribut einen Hahn. – Federn vom Hahn stopft man in Brandenburg nicht in Betten, weil dadurch den darauf Sterbenden der Todeskampf erschwert werden soll. – In England ist erst in der Fastenzeit 1872 eine eigentümliche mit dem Hahn zusammenhängende Sitte offiziell abgeschafft worden. Am englischen Hofe gab es nämlich früher einen königlichen „Hahnenkräher" – „Cockcrower". Diesem Funktionär lag ehemals die Pflicht ob, während der Fastenzeit die Nachtstunden im Bereich des Palastes zu krähen, statt dieselben wie ein gewöhnlicher

Nachtwächter auszurufen. Wie die Chronik erzählt, wäre es diesem Hahnenkräher, als er am ersten Aschermittwoch nach der Thronbesteigung des Hauses Hannover sein Amt versah, beinahe sehr übel ergangen, denn George II., damals Prinz von Wales, glaubte, als der Funktionär, während Se. Königl. Hoheit beim Souper saß, ins Zimmer trat und mit der Stimme eines Hahnes verkündete, daß es soeben zehn geschlagen, daß damit irgend eine Beleidigung seiner Person beabsichtigt würde, und war nur mit Mühe zu überreden, daß solches nicht der Fall sei, sondern daß er es nur mit einer alten Hofsitte zu thun habe.

Des Hahnes Mut und Streitbarkeit hat schon manchen zaghaften zu erfolgreicher Kraftanstrengung angefrischt. So stand etwa 500 Jahre vor Christi Geburt der griechische Feldherr Themistokles mit seiner Schar dem mächtigen Heere der Perser gegenüber. Schon begannen Kraft und Mut bei seinen Kriegsleuten zu sinken; da rief er ihnen zu: „Bedenkt, zwei Hähne setzen um der bloßen Siegesehre willen ihr Leben ein und zeigen einen unerschütterlichen Mut. Ihr aber streitet für Herd und Götter, für die Gräber der Ahnen und die Wiegen der Kinder, vor allem für die Freiheit – und wolltet verzweifeln?" Das wirkte. Die Griechen stürzten sich auf die Feinde und siegten. […]

Die Henne
Eines schickt sich nicht für alle." Wer zum Herrscher geboren ist, kann niemand neben sich dulden, der das Gleiche erstrebt, er bedarf aber wiederum solcher, die sich ihm anschließen und im stillen, bescheidenen Wirken Genugthuung finden. Die Kraft des Starken tritt erst

hervor, wenn er dem Schwachen Schutz zu gewähren vermag. Es ist ein eigenes und notwendiges Naturgesetz, daß Gegensätze sich anziehen. Sie ergänzen sich aber, weil der eine den Wert des anderen bedingt. Man findet aber kaum eine Verbindung von verschiedenartigeren Naturen, als den stolzen Haushahn, ausgestattet mit Krone und Klunker, mit Federschweif und Sporen, der mit einer heroischen Gestalt einen ritterlichen Sinn verbindet, und die anspruchslose Henne, welche nur ein rotes Häubchen als einzigen Zierat hat, und die ebenso anspruchslos in ihren Manieren, wie einfach in ihrer Toilette ist. Das Huhn ist beschränkt und unterwürfig, ja geradezu etwas dumm, wie auch das Sprichwort andeutet: „Eine blinde Henne findet auch ein Körnchen", läßt sich leicht betölpeln von Reineke, dem schlauen Fuchs, und bedarf durchaus der Fürsorge Hennigs, des Hahns [*Hennig der Hahn ist eine Figur aus Goethes „Reineke Fuchs"*]. Nichtsdestoweniger steht Frau Kratzefuß in allgemeiner Achtung und Liebe. Sie repräsentiert die echte Weiblichkeit. Eine hingebende Gattin, eine treue Mutter zu sein, das ist ihr ganzer Ehrgeiz. Gefügig gegen den Hahn, ist sie auch dem Menschen zu willen. Ohne daß sie eine besondere Pflege beansprucht, läßt sie ihn ruhig ihr Nest berauben. Ihre Hauptaufgabe ist das Eierlegen, und in bezug hierauf sagt der „Geistliche Vogelgesang", eine alte zierliche Dichtung des 17. Jahrhunderts von einem unbekannten Verfasser: „Die Henn' gar fröhlich gagagackt / Und macht ein groß Geschrei, / Die Bäurin weiß wohl, was sie sagt, / Und nimmt ihr aus das Ei."

In der Erfüllung ihres Liebeswerkes sitzt sie so fest, daß sie sich durch nichts vom Neste ableiten läßt. Sie gönnt sich kaum Zeit, um sich zu laben. In aufopfernder

Hingebung ist sie nur darauf bedacht, mit ihrer liebewarmen Brust die Keime zu neuem Leben zu erwecken. Doppelte Mutterliebe muß den jungen Küchlein die fehlende Vaterliebe ersetzen, aber die Mutterliebe macht sie findig und gewandt. Durch vielfache Modulationen, deren ihre jetzt biegsame Stimme fähig ist, weiß sie Geist in das monotone Glucken zu legen. So werden diese Laute zu Worten, und die Glucke verfügt nun über einen reichen, gemeinverständlichen Sprachschatz. Dieses „Gackern" oder „Geckern" der Hennensprache wird nachgeahmt in einem elsässischen Kinderspruche, nach welchem die Henne mit ihrem Geschrei in ungeduldiger Ausdauer unaufhörlich nichts anderes als folgende Weisheit zu Tage befördert: „D's Herrn Deckbett hat vier Eck, / Vier Eck hat 's Herrn Deckbett!"

Auch im Wesen der Henne bringen die Mutterpflichten eine völlige Wandlung hervor. Vom Aufang bis zum Niedergang der Sonne ist die Gluckhenne jetzt rastlos thätig. Unermüdlich trippelt und sucht, kratzt und scharrt sie umher, unaufhörlich lockt sie die Jungen und legt ihnen, sich selbst vergessend, vor. Auch die Nacht bringt ihr nicht einmal die Ruhe, da sie dann die unruhige Kinderschar unter ihren Fittichen birgt. Die heiße Liebe der Henne zu ihren Küchlein ist in der Bibel in einem schönen Gleichnis gefeiert, indem Christus seine Liebe zu seinem Volke mit ihr verglichen hat (Amos 5,8; Hiob 9,9; Matth. 23,37 [wo es heißt: „Jerusalem, Jerusalem, die du tötest die Propheten und steinigst, die zu dir gesandt sind! Wie oft habe ich deine Kinder versammeln wollen, wie eine Henne versammelt ihre Küchlein unter ihre Flügel; und ihr habt nicht gewollt!"]).

Außer dem Eierlegen und Gackern ist bei dem Huhn, neben frühem Aufsuchen der Nachtruhe – woher die sprichwörtliche Redensart „mit den Hühnern zu Bett gehen" herrührt –, das Fressen die Hauptbeschäftigung. Die Römer achteten auf dasselbe genau: fraßen die Hühner hastig, so war dies ein gutes Vorzeichen; fraßen sie langsam, ein schlechtes. Bei jeder Legion befand sich ein besonderer Beamte, der sich in dieser Weise mit der Hühnerpflege beschäftigte und pullarius [*Hühnerwärter*] hieß. – Eine Erscheinung, die hier und da bei den Hühnern auftritt, ist das Krähen derselben. Dies ist für Brautleute ein schlechtes Vorzeichen, und ein alter Volksspruch sagt:

„Wenn die Henne kräht vor dem Hahn / Und das Weib redet vor dem Mann, / Soll man die Henne braten / Und das Weib mit Prügeln beraten."

Nach einer anderen Lesart:

„So muß man die Henne zum Spieße jagen / und das Weib auf die Scheide schlagen."

Auch sonst bedeutet das Krähen des Huhns ein großes Unglück. Gewöhnlich ist's um das Leben eines solchen Tieres geschehen. Das Beil trennt schnell den mit Herrschergedanken erfüllten Kopf von dem zur Demut bestimmten Körper. Oft wird auch hierbei noch das Schicksal angerufen. Man mißt mit dem Huhn die Diele der Stube von der Außenwand bis zur Thürschwelle. Trifft beim Messen der Kopf auf die Schwelle, so ist freilich der Tod erfordert, trifft der Schwanz dorthin, so wird nur dieser erbarmungslos abgehauen, und das drohende Unglück ist abgewendet. – Über die Hühner erzählt Aristoteles („Von den Tieren", IX, 36): Wenn sie einen Hahn überwunden haben, wächst ihnen ein Kamm und der

Schwanz, so daß man's nicht mehr gut unterscheiden kann, ob es Hühner oder Hähne sind. Bei manchen wachsen sogar kleine Sporen. Indessen giebt es auch Hähne, die schon von Natur so weibisch sind, daß sie weder krähen noch treten, sondern vielmehr von anderen sich treten lassen.

An Hahn und Henne, an Krähen und Gackern knüpfen sich eine Menge von Vorstellungen, an das Ei (Osterei) eine Menge von Bräuchen. „Hähne wissen's voraus", ist einfach die Volksrede. Gleich den Burschen am Pferdestalle, horchen die Mädchen in den heiligen Zwölfen am Hühnerstalle. – Wenn die Henne unbeweglich und unausgesetzt damit beschäftigt bleibt, ihre Federn mit dem Schnabel auszuziehen, so droht Regen.

Man hält Hahn und Hühner der Fleisches wegen. Der leichteren Mästung und des Wohlgeschmackes wegen werden sie jung verschnitten *[= beschnitten]*. Jene heißen dann Kapaunen, diese Poularden. Beide mausern nun nicht mehr, wachsen aber schnell und werden leicht fett. Die Einwohner der Insel Delos waren im Altertum berühmt wegen ihrer Kunst, Hühner zu mästen. Es war dies ein Geschenk der Latona für die ihr dort bewiesene Gastfreundschaft. Eines ähnlichen Rufes erfreute sich Adria, die Vaterstadt des Kaisers Hadrian. Bei uns liefert Hamburg ausgezeichnete Poularden. Hühnerfleisch war nach Cäsar den alten Briten verboten. Pythagoras warnte vor dem Genuß weißer Hähne. Hippokrates verbot Kranken Hahnenfleisch […].

Unser Haushuhn stammt wahrscheinlich *[dieses noch vorsichtige „wahrscheinlich" wäre heute nicht mehr notwendig]* von dem javanischen Bankiwahuhn ab. Im alten Testament ist seiner zwar nicht erwähnt, doch kann immerhin zu König Salomos Zeiten, wo der Handel mit Indien durch das Rote Meer lebhaft betrieben wurde, jenes nützliche Tier nach Palästina gekommen und von dort über Europa verbreitet sein. Der Sage nach soll im vierten Jahrhundert ein Bischof Martin Hühner nach Deutschland und Frankreich gebracht haben. Karl der Große interessierte sich sehr für Hühnerzucht, die auch in den Klöstern eifrig betrieben wurde. Er befahl, daß auf jeder seiner Domänen 50 Hühner und 50 Gänse, auf Hubengütern [*mittelalterliches Flächenmaß eines Hofs*] 50 Hühner gehalten würden.

Bei uns wurden die Hühner bald, wie überall, das volkstümlichste Geflügel, mit dem sich auch die Dichter beschäftigten. Während der Hahn von je her in Wort und Bild als das Urbild vollendetster Männlichkeit gefeiert wurde, lebt auch die Henne in der Dichtung und im Volksliede, vom „Gockel, Gickel und Gockeleia" Clemens Brentanos an bis zum einfachen niederdeutschen Kinderverse: „Putthöneken, Putthöneken, / Was d'höst in usen Hoff? / Du plückst uns alle Blömekens, / Du mäkst et all to groff."

Vielfach finden wir auch das Huhn im deutschen Sprichwort, so z.B.:

- Hennen, die viel gackern, legen wenig Eier.
- Wenn die Henne ihr Gackern ließe, wüßte man nicht, daß sie gelegt hat.
- Wo die Henne kräht und der Hahn schweigt, da geht's liederlich zu.
- Kräht die Henne und piept der Hahn, muß es im Hause über stahn.

- Wenn die Henne zum Hahn kommt, vergißt sie die Küken.
- Keine Henne fliegt über die Mauer.
- Alte Hennen geben fette Suppen.
- Es ist kein Hühnchen noch so klein, es möcht' übers Jahr eine Henne sein.
- Kluge Hühner legen auch in die Nessel.
- Der Hühner Gackern leidet man um der Eier willen.
- Mit einem ein Hühnchen zu pflücken haben

Eier

Den Hühnereiern haben wir die größten Aufschlüsse in der Entwickelungsgeschichte zu verdanken, welche an ihnen am vollkommensten studiert ist. Harry, der Feinschmecker, behauptet, die langen Eier seien zarter als die runden. Der Volksglaube, daß aus ersteren Hähnchen kommen, ist jedoch irrig. – Fehlt es den Hühnern an Kalk, dann legen sie nur mit einer dünnen Haut überzogene Einer ohne kalkartige Schale, „Windeier", vom gewöhnlichen Manne „Unglückseier" genannt. „Hexeneier" enthalten nach seinem Glauben anstatt der Dotter schlangenartig zusammengedrehte Häute, aus denen „Basilisken" gebrütet werden! Um Wetzlar und in der Wetterau läßt man Gründonnerstags-Eier ausbrüten, da die Hühner aus solchen Eiern alljährlich die Farbe wechseln. – Das Ei ist oftmals als Symbol wiedererwachenden Lebens im Frühlinge gegeben worden. Einer, an dem Frühlingstage Gründonnerstag gelegt, sind nun besonders zu vielen Dingen nütze, namentlich wenn sie mit Donars Farbe, also rot bemalt sind. In der Wetterau und in Westfalen nimmt man solche mit in die Kirche, sieht beim Sonnenschein hindurch und erkennt dann alle in der Gemeinde befindlichen Hexen. Dasselbe erreicht man in der Mark und im Harz, wenn man ein solches Ei in die Tasche steckt und sich auf einen Kreuzweg stellt. Wer ein solches in Niedersachsen bei sich trägt, sieht und erkennt überhaupt manches, was anderen Menschen verborgen bleibt. – Herodot, Aristoteles, Diodor von Sizilien und Plinius erwähnen schon die künstliche Ausbrütung der Hühnereier.

Sprichwörtliche Redensarten:

- Eier in die Pfanne geben Kuchen, aber keine Küken.
- Wer Eier unter den Füßen hat, muß leise auftreten.
- Das Ei will klüger sein als die Henne.
- Wer Eier hebben will, mot der Hennen Kakeln lyden.
- Ein faules Ei verdirbt den ganzen Brei.
- „Ei ist Ei", sprach der Pfaff und – griff nach dem größten.
- So schön wie aus dem Ei geschälet.

(1866-1933; 1891)

LEGENDEN, SAGEN, FABELN UND MÄRCHEN RUND UM HAHN UND HENNE

Legenden

ABRAHAM A SANCTA CLARA

Das Hühnerwunder auf dem Jakobsweg*

Ein gewisser Jüngling reiste mit Vater und Mutter nach Compostell zu St. Jakob; als sie unterwegs ihre Einkehr genommen in der Stadt, St. Dominici genannt, da hat sich eine freche Tochter in erstgedachten wohlgestalteten Jüngling verliebt, und folgsam von ihr begehret, was der Ehrbarkeit zuwider; nachdem er solches in allweg beständig geweigert, also hat sie die Lieb in Haß verwandelt, ihm nachmals in der Geheime ihres Vaters silbernen Becher in den Ranzen gestecket; als sie früh Morgens ihren Weg wollten ferners fortsetzen, da kam ein Geschrei aus, als sey der Pokal verloren worden; der Argwohn ist gefallen auf diesen Jüngling, und wie man nachmals solchen in seinem Ranzen gefunden, da wurde also solches dem Gericht angedeutet, welches dann ohne weiteren Verschub, *secundum allegata et probata [urteilen, begünstigen nach dem Vorgebrachten und Bewiesenen]*, den unschuldigen Menschen zum Strang verurtheilet. Wie es den armen Eltern um's Herz

33

gewesen, ist gar leicht zu erachten; diese aber gleichwohl, nachdem sie ihren Sohn so schmählich verloren, haben ihre Kirchfahrt fortgesetzet, und allda ihre Andacht verrichtet. Nachdem sie in der Rückkehr wieder in obgedachte Stadt St. Dominici Calciadensis gelanget, da wollte die Mutter noch einmal ihres Sohnes ansichtig werden; wie sie aber zum Hochgericht nach so vieler Zeit hinaus kommen, und so häufige Zäher [*mhd.: Tränen*] vergossen, da hat sie der Sohn vom Galgen herunter mit diesen Worten angeredet: „meine Mutter, weine nicht, denn ich bin noch bei dem Leben, bei dem mich der gütigste Gott durch Vorbitt seiner gebenedeiten Mutter Mariae und des heil. Apostels Jakobi erhalten, deute also solches dem Richter an." Diese ohne einige Saumung lauft zum Richter, welcher dazumal bei der Tafel gesessen, und vor seiner einen gebratenen Hahn und Henne vorgesetzt gehabt; nachdem er die neue Mähr und Zeitung [*Nachricht*] von dem Weib angehöret, da gab er ihr zur Antwort: mein Weib, so wenig als dieser Hahn und Henne lebet, so wenig lebt euer Sohn; kaum daß er diese Wort vollendet, da waren der Hahn und die Henne alsobald lebendig, auch hat der Hahn dreimal mit ausgestrecktem Hals gekrähet. Als folgsam der Jüngling noch frischen Lebens im Beiseyn der Geistlichkeit und gesamten Volks herunter genommen worden, da hat man diesen Hahn und Henne in die Kirche getragen, und daselbst eingesperret. Nun ist es ein immerwährendes Wunderwerk.

(1644-1709; 1707). Die Legende selbst war schon einige Jahrhunderte zuvor entstanden und auch vielfach schriftlich niedergeschrieben worden.)

CHRISTINE BUSTA

Der Hahn

Als Gott die Vögel erschaffen und ihnen Hauch von seinem Hauch und Flaum aus dem Gefieder seiner Engel gegeben hatte und sie einen Tag lang in seliger Lust des neuen Lebens geflogen waren und eine Nacht Gnade und Süßigkeit des ersten Schlafs genossen hatten, weckte er sie morgens, gedrängt von Liebe, ihnen ihre erste Speise mit eigener Hand zu reichen.

Und er vermischte Erde und Licht und band sie mit der Feuchte des Taus und formte sie zu Krumen, die er in das Geflatter der vielen großen und kleinen, schlichten oder bunten Sänger, Krächzer, Schnarrer und Tschirper hielt, worauf um seine Hände ein solches Gedränge, zärtliches Piepsen und Gegurr entstand, daß in den kühlen Engeln sich etwas wie Eifersucht zu regen begann.

Und alle Vögel nahmen und sättigten sich, und aus ihren Kehlen schwoll Lob und Dank und brandete als trunkner Morgenjubel ans Ohr des Herrn.

Nur einer flog seinem Schöpfer auf die Schulter und dort saß er und fraß und sang nicht, obwohl ihm der Herr zu prächtigem Gefieder, feurigem Aug und kriegerischem Kamm auch herrlichen Gesang verliehen hatte. Das war der Hahn.

„Bist du so hoffärtig wie schön, daß du die Nahrung aus meiner Hand verschmähst?" fragte Gott. „Willst du nicht zahm sein, stolzer Vogel? So hol dir von der Erde, was noch übrig!"

Und damit streute er den Rest der Krumen zu Boden, und sogleich begannen etliche zu keimen und wachsen und wiegten Ähren an den schlanken Halmen.

Der Hahn jedoch verharrte so reglos wie zuvor, daß Gott erstaunte und ihn forschend ansah. Da merkte er, wie der Vogel seinen Blick immerzu gebannt auf die riesige Feuerkugel am Firmament gerichtet hielt und wie der Widerschein in seinen Augen flammte.

Und Gott verstand, daß da ein größerer Hunger in diesem Tier erwacht war und nach Stillung begehrte; also brach er von der Sonne ein winziges Stück nicht größer als ein Korn, und bot es dem Vogel. Der öffnete begierig den Schnabel, schlug mit den Flügeln und verschlang es hastig. Doch schmeckte das goldne Erz des Lichtes so gewaltig, daß ihm an seiner Glut der Wohllaut des Gesanges für immer verbrannte und nur ein wilder Schrei des Schmerzes und der Lust aus seiner Kehle brach.

Und seither ist der Hahn der Morgenvogel Gottes, ein Wächter und Warner, der das Nahen der Sonne kündet sowie den Verrat, der uns das Licht raubt. Am jüngsten Tag weckt uns sein Schrei als lodernde Fanfare und ruft uns vor die Schranken des Gerichtes, wo Licht und Finsternis für alle Ewigkeit sich scheiden.

(1914-1987; 1948)

Sagen

Friedrich Wagenfeld

Die Bremer Gluckhenne

Der Himmel war trübe und bewölkt und schaute drohend herunter auf ein Häuflein armer heimatloser Menschen, Männer, Weiber und Kinder, die mit ihren Kähnen mitten im Strom fischten. Sie hatten sich den Überfällen ihrer mächtigen Nachbarn entzogen; ihr ärmlicher Besitz freilich war nicht geeignet, die Raublust derselben zu reizen, denn sie hatten nichts als ein paar Bretterhütten und ihre Kähne und Netze. Die hätten sie gern hingegeben, wenn sich der Feind damit hätte abfinden lassen, konnten sie doch diesen Verlust in wenigen Tagen ersetzen. Aber sie hatten noch ein anderes Gut, das der Feind anzutasten drohte, das war die F r e i h e i t. Die hielten sie höher als Gold und wollten sie sich bewahren, um jeden Preis, selbst mit Aufopferung der geliebten väterlichen Wohnsitze.

So lagen sie denn im Flusse und spähten umher, ob nicht irgend ein günstiges Vorzeichen zu entdecken sei. Denn der Ort war so heimlich und der Fluß so fischreich, daß sie sich gern an diesem Ufer niedergelassen hätten.

Aber es ward Abend, und sie waren sehr traurig, daß die Geister des Landes ihnen kein Zeichen gesandt und zu sich eingeladen; sie jammerten und wehklagten und waren trostlos, daß sie nun weiterziehen müßten aus dieser schönen Gegend.

Jetzt drang plötzlich ein Strahl der sinkenden Sonne durch das Gewölk und erhellte die ganze Landschaft mit einem wundersamen Glanz. Da bemerkten sie eine Henne, die sich und ihren Küchlein einen sichern Ruheplatz suchte für die Nacht, und jubelnd sprang alles Volk aus den Schiffen, um der Henne zu folgen, die mit ihrer kleinen Schar einen Hügel hinan ging und sich mit ihrer Brut im hohen Heidekraut verbarg. Sie beschlossen nun, dies Ereignis, worin sie ein Schild und Spiegel ihrer eignen Lage erblickten, anzusehen als ein günstiges Zeichen und an der Stelle, wo die Henne ein schützendes Obdach gefunden, ihre Hütten wieder aufzuschlagen. Dieser Hügel sollte fortan der Hort der Freiheit sein.

So wurde in uralter Zeit der Grund gelegt zu der Stadt B r e m e n, und da die neuen Ansiedler sich hauptsächlich vom Fischfange nährten, so mag man mit vollem Rechte sagen, daß das F i s c h e r a m t das älteste sei in der Stadt. Die Henne aber mit ihren Kleinen sieht man deutlich ausgehauen über dem z w e i t e n R a t h a u s - b o g e n und gilt noch heutiges Tages weit und breit für ein W a h r z e i c h e n d e r S t a d t B r e m e n.

(1810-1846; 1845; Entstehung der Sage wohl im späten Mittelalter)

Fabeln

JEAN DE LA FONTAINE

Das Rebhuhn und die Hähne

Bei lauter Hähnen, die von wenig Lebensart,
Unbändig, roh, zanksüchtig, ward
Ein Rebhuhnweibchen unterhalten.
Die Gastfreundschaft und ihr Geschlecht
Gab ihr die Hoffnung, bei den Hähnen, die so recht
Verliebt, herrsch Anstand auch, fein ritterlich und echt:
Sie würden ihrer Pflicht als Wirte freundlich walten.
Doch nein; sie sah dies Volk oft grimme Wut entfalten,
Das wenig Rücksicht nur der fremden Dam' erwies
Und mit den Schnäbeln sie oft schrecklich hieb und
stieß.
Erst grämte sie sich ob der Schande;
Allein sobald sie sah, daß diese wilde Bande
Untereinander sich zerfleischt, zerhackt – und wie! –
Tröstet sie sich und spricht: „ 's ist mal so ihre Sitte;
Anklagen nicht, vielmehr beklagen will ich sie.
Zeus hat nicht nur nach e i n e m Schnitte
Alle geformt und e i n e m Brauch:
's gibt Hahnenseelen und Rebhühnerseelen auch.
Wenn es von mir allein abhinge, würd' ich eben
In besserer Gesellschaft leben.

Der Herr des Hühnerhofs will, es soll anders sein:
Er fing im Garn mich, sperrt inmitten
Der Hähne mich und hat die Flügel mir beschnitten;
Wen ich anklagen muß, es ist der Mensch allein."

(1621-1695)

DANIEL STOPPE

Die Henne

Ein Ochs, der oft Kalender machte, [*über etwas
nachsann]*
    Und in der stillen Einsamkeit
    Sich seine schwere Lebenszeit,
Der künftgen Länge nach, bald hin bald her bedachte,
    Ward durch das Schreyen einer Henne,
Die auf dem Zaune saß, in dem Concept gestöhrt.
Sie rief ohn Unterlaß: Habt, habt ihr nichts gehört?
Der Ochs, aus großer Furcht, daß Haus und Hof schon
brenne,
Sprang auf und sah sich um, wie ein Erschrockner thut,
Den jemand nächtlich ruft. Er merkte keine Glut.
Er lief auf einen Berg, der in der Nähe war,
Und untersuchte hier den Ursprung der Gefahr,

Ob nicht der Boberfluß[1] mit einer Sündflut käme,
Und Schoppen, Scheun und Stall im Strome mit sich
nähme;
Er zitterte vor Angst, und nahm schon gute Nacht
Von jenen Wiesen dort, die in dem Thale lagen
  Und seinen Heubedürftgen Magen
  Zeither so vielmal satt gemacht.
Seht, was die Furcht nicht kann! das Leben war ihm
lieb.

Inzwischen weil der Fluß in seinen Ufern blieb:
So spührt er endlich wohl, daß ihm in diesem Stücke
Nichts zu befürchten war. Er kam hierauf zurücke,
Und trat zur Henne hin, die noch beständig schrie;
  Was fehlt dir denn? so fragt er sie,
Entdeck mirs ohne Scheu! du magst mirs immer sagen,
  Was dich zu dem Geschrey bewegt;
Es hat sich ganz gewiß was Großes zugetragen.
Ach! sprach sie, lieber Herr! Ich hab ein Ey gelegt.
Du Närrinn! sprach das Rind, man muß von kleinen
Sachen
  Kein so gar groß Geschrey nicht machen;
  Ich dachte Wunder! was es sey,
Und wie ich hören muß: So ists ein lumpicht Ey.

(1697-1747)

---

[1] Bober ist der deutsche Name eines Nebenflusses der Oder.
Stoppe war ein schlesischer Lyriker und Sammler von Fabeln.

Iwan A. Krylow

Der Geizhals und die Henne

Der Geiz'ge, der nach allem gierig trachtet,
Verliert oft das auch, was er hat.
Beispiele böte manches Blatt
In Büchern, die sonst wenig sind beachtet.
Doch hätt' ich da erst lange nachzuschlagen,
Und solche Arbeit will mir nicht behagen.
Ich habe lieber, was die alte Fabel sagt,
In neue Reime hier gebracht.

Ich las als Kind einst folgenden Bericht.
Ein Mann war ohne Unterricht geblieben,
Und hatte kein Gewerbe je betrieben,
Und dennoch wuchs sein Geldsack an Gewicht.
Er hatte eine Henne, die da täglich
(Man durfte ihn darum beneiden)
Ihm Eier legte gar gemächlich;
Doch nicht gemeine, meiner Treu,
Er konnte sich dran weiden,
Denn gülden war ein jedes Ei.
Ein andrer hätte sich dabei beschieden,
und wär' allmählich reich geworden.
Doch damit war der Geizhals nicht zufrieden.
Er denkt, ich will die Henne morden,
So finde ich den echte rechten Schatz
Gewiß an seinem Platz.

Nicht eingedenk deß, was die Henne ihm geleistet
Hat er sich schnöd' erdreistet,
Die Henne aufzuschneiden.
Was fand er? Gar nichts, außer Eingeweiden.

(1769-1844)

LISA WENGER

Als das Hühnchen zur Schule sollte

D as Hühnchen war sechs Monate alt geworden
und sollte zur Schule. Es wurde deshalb Familienrat abgehalten.

„So jung und muß schon zur Schule", sagte die gelbe
Tante mit den Federn an den Beinen. „Eier legen lernt es
ja von selber!"

„Setz dem Kücken doch nichts in den Kopf", mahnte
die Großmutter des Hühnchens. „Ich bin in die Schule
gegangen, du bist in die Schule gegangen, wir alle sind
in die Schule gegangen, da muß es eben auch in die
Schule gehen."

„Warum, weiß ich freilich nicht", sagte der Maul-
wurf, der seine Gänge im Hühnerhof angelegt hatte und
nun auf Besuch gekommen war; „ich habe nie etwas ge-
lernt und bin doch durch die Welt gekommen."

„Aber wie", rief die Amsel, die auf dem Baum im Hof
wohnte. „Wie! Im Dunkeln ist er gekrochen sein Leben

43

lang, und Freuden hat er keine gehabt außer dem Fressen."

„Schweig du dort oben", krähte ärgerlich der Hahn; „du gehörst nicht zur Familie und hast hier nicht mitzureden. Kinder aus unserer Sippe gehen zur Schule, natürlich, aber nicht wegen dem Lernen; das haben wir nicht nötig."

„Warum denn?" fragte die Amsel erstaunt.

„Weil es sich schickt", sagte der Hahn würdevoll, und die Henne, die Mutter der Kücken, sagte: „Und weil die andern es so machen."

„Natürlich!" rief der ganze Hühnerhof, und die Großmutter – es war eine mächtige Langshanhenne, die viel Ansehen genoß – gluckste und sagte: „Natürlich!"

Also sollte das Kücken zur Schule . . .

„Was meint ihr, zu welchem Lehrer wir unser Hühnchen schicken wollen?" fragte der Hahn.

„Zum Grünspecht", rief die Amsel vom Baum herunter; „Er weiß viel und hat viel gesehen."

„Zu dem!" rief empört Mutter Henne. „Wißt ihr, was das für einer ist? Der hat zu einer unserer Nachbarinnen gesagt, es wäre Zeit, daß die Hühner endlich etwas anderes lernten als nur Eier legen und gackeln. Das hat er gesagt." Die Henne kratzte sich mit dem Fuß unter dem Flügel; es war eine Gewohnheit, die sie hatte.

„Schwiegersohn", rief majestätisch die Großmutter Langshan, „da verlieren wir wohl weiter keine Worte. Was soll ein Huhn überhaupt anderes lernen als Eier legen und gackeln? Doch nicht singen wie eine Nachtigall?"

„Warum nicht", rief wieder die Amsel, „Es wäre eine angenehme Abwechslung."

„Ich habe gegackelt", rief das alte Huhn, Meine Tochter hat gegackelt, wir alle haben gegackelt, warum sollte unser Hühnchen nicht auch gackeln?"

Zum Grünspecht sollte das Hühnchen also nicht in die Schule, beschloß der Familienrat . . .

Nach langem Nachdenken und Disputieren war man endlich einig geworden, daß das Kücken zu der Pute sollte – zu der mit den Bronzefedern natürlich, nicht zu der grauen – und daß die Familie es sogleich der Lehrerin vorstellen wolle.

Hahn, Henne, Großmutter Langshan und die gelbe Tante mit den Federn an den Beinen begleiteten das Hühnchen.

„Es soll vor allem richtig gackeln lernen", begann die Großmutter und betrachtete die Pute mit ihrem rechten Auge. Über das linke hing der Kamm; sie gebrauchte es selten und sparte es für Notfälle auf. „Dann soll es in allen Pflichten unterrichtet werden, die ein Huhn von Familie kennen und ausüben muß: im Eierlegen, im Brüten, im treuen Führen der Jungen."

„Versteht sich", sagte die bronzene Pute; „Das lernt es alles am besten bei mir."

Es soll Untertänigkeit gegen seinen künftigen Gebieter lernen", befahl der Hahn.

„Natürlich, das lernt es alles am besten bei mir", sagte die Pute mit den Bronzefedern.

„Es soll lernen, sich mit den anderen Hennen zu vertragen; denn das ist sehr wichtig", empfahl Mutter Henne und kratzte sich unter dem rechten Flügel.

„Versteht sich, das lernt es am besten bei mir", antwortete das Bronzehuhn.

„Ich glaube, Sie sind dumm", sagte die gelbe Tante mit den Federn an den Beinen.

„Das bin ich", sagte das große Geschöpf und gluckste; „aber gerade darum kann ich die Kücken so gut in ihre Pflichten einführen: sie werden nicht abgelenkt."

„Da hat sie recht", nickte zufrieden Großmutter Langshan. „Und bitte, bringen Sie dem Hühnchen Respekt vor dem Alter bei."

„Und lehren Sie es seine Eltern ehren", sagte der Hahn.

„Und prägen Sie ihm ein, daß ein Huhn auf der Welt sei, um zu nützen", bat Mutter Henne und kratzte sich.

„Und sagen Sie ihm gleich von Anfang an, Eierlegen sei ein Vergnügen; sonst glaubt es das Kücken später nicht mehr!" mahnte die gelbe Tante mit den Federn.

„Das tue ich alles", versprach das Bronzehuhn; „es haben noch nie Eltern ihre Hühnchen gebracht, denen ich das nicht versprechen mußte."

„Und so soll es sein", sagte die Großmutter und warf ihren Kamm ausnahmsweise auf die rechte Seite, „und so ist es von jeher gewesen! Aber wo ist unser Kücken?"

Es spazierte vergnügt mit einem jungen Hähnchen aus der Nachbarschaft herum.

„Du, höre einmal", sagte das zum Hühnchen, „von acht bis zehn legt die Pute, und von zehn bis zwölf schläft sie; da können wir den ganzen Morgen spazieren gehen."

„Aber dann lerne ich ja nichts", antwortete das Hühnchen.

„Gerade dann lernst du, was du brauchst; das andere kommt nachher von selber", beruhigte es das Hähnchen.

Da kam aber die Familie und nahm das Hühnchen in ihre Mitte und zog mit ihm heimwärts.

„Man tut für seine Kinder, was man kann, nicht wahr, Schwiegersohn?" sagte Großmutter Langshan.

„Und so gut man es versteht!" pfiff die Amsel vom Baum herunter; aber niemand achtete auf sie.

Sie gehörte ja nicht in den Hühnerhof.

(1858-1941)

Märchen

Brüder Grimm

Das Lumpengesindel

Hähnchen sprach zum Hühnchen „jetzt ist die Zeit wo die Nüsse reif werden, da wollen wir zusammen auf den Berg gehen und uns einmal recht satt essen, ehe sie das Eichhorn alle wegholt." „Ja", antwortete das Hühnchen, „komm, wir wollen uns eine Lust miteinander machen." Da giengen sie zusammen fort auf den Berg, und weil es ein heller Tag war, blieben sie bis zum Abend. Nun weiß ich nicht ob sie sich so dick gegessen hatten, oder ob sie übermüthig geworden waren, kurz, sie wollten nicht zu Fuß nach Haus gehen, und das Hähnchen mußte einen kleinen Wagen von Nußschalen bauen. Als er fertig war, setzte sich Hühnchen hinein und sagte zum Hähnchen „du kannst dich nur immer vorspannen." „Du kommst mir recht", sagte das Hähnchen, „lieber geh ich zu Fuß nach Haus, als daß ich mich vorspannen lasse: nein, so haben wir nicht gewettet. Kutscher will ich wohl sein und auf dem Bock sitzen, aber selbst ziehen, das thu ich nicht."

Wie sie so stritten, schnatterte eine Ente daher „ihr Diebsvolk, wer hat euch geheißen in meinen Nußberg gehen? wartet, das soll euch schlecht bekommen!" gieng also mit aufgesperrtem Schnabel auf das Hähnchen los. Aber Hähnchen war auch nicht faul und stieg der Ente tüchtig zu Leib, endlich hackte es mit seinen Sporn so gewaltig auf sie los, daß sie um Gnade bat und sich gern zur Strafe vor den Wagen spannen ließ. Hähnchen setzte sich nun auf den Bock und war Kutscher, und darauf gieng es fort in einem Jagen, „Ente, lauf zu was du kannst!" Als sie ein Stück Weges gefahren waren, begegneten sie zwei Fußgängern, einer Stecknadel und einer Nähnadel. Sie riefen „halt! halt!" und sagten es würde gleich stichdunkel werden, da könnten sie keinen Schritt weiter, auch wäre es so schmutzig auf der Straße, ob sie nicht ein wenig einsitzen könnten: sie wären auf der Schneiderherberge vor dem Thor gewesen und hätten sich beim Bier verspätet. Hähnchen, da es magere Leute waren, die nicht viel Platz einnahmen, ließ sie beide einsteigen, doch mußten sie versprechen ihm und seinem Hühnchen nicht auf die Füße zu treten. Spät Abends kamen sie zu einem Wirthshaus, und weil sie die Nacht nicht weiter fahren wollten, die Ente auch nicht gut zu Fuß war und von einer Seite auf die andere fiel, so kehrten sie ein. Der Wirth machte anfangs viel Einwendungen, sein Haus wäre schon voll, gedachte auch wohl es möchte keine vornehme Herrschaft sein, endlich aber, da sie süße Reden führten, er sollte das Ei haben, welches das Hühnchen unterwegs gelegt hatte, auch die Ente behalten, die alle Tage eins legte, so sagte er endlich sie möchten die Nacht über bleiben. Nun ließen sie wieder frisch auftragen und lebten in Saus und Braus. Früh

Morgens, als es dämmerte und noch alles schlief, weckte Hähnchen das Hühnchen, holte das Ei, pickte es auf, und sie verzehrten es zusammen; die Schalen aber warfen sie auf den Feuerherd. Dann giengen sie zu der Nähnadel, die noch schlief, packten sie beim Kopf, und steckten sie in das Sesselkissen des Wirths, die Stecknadel aber in sein Handtuch, endlich flogen sie, mir nichts dir nichts, über die Heide davon. Die Ente, die gern unter freiem Himmel schlief, und im Hof geblieben war, hörte sie fortschnurren, machte sich munter, und fand einen Bach, auf dem sie hinab schwamm; und das gieng geschwinder als vor dem Wagen. Ein paar Stunden später machte sich erst der Wirth aus den Federn, wusch sich und wollte sich am Handtuch abtrocknen, da fuhr ihm die Stecknadel über das Gesicht und machte ihm einen rothen Strich von einem Ohr zum andern: dann gieng er in die Küche, und wollte sich eine Pfeife anstecken, wie er aber an den Herd kam, sprangen ihm die Eierschalen in die Augen. „Heute Morgen will mir Alles an meinen Kopf", sagte er, und ließ sich verdrießlich auf seinen Großvaterstuhl nieder; aber geschwind fuhr er wieder in die Höhe, und schrie „auweh!" denn die Nähnadel hatte ihn noch schlimmer und nicht in den Kopf gestochen. Nun war er vollends böse und hatte Verdacht auf die Gäste, die so spät gestern Abend gekommen waren; und wie er gieng und sich nach ihnen umsah, waren sie fort. Da that er einen Schwur, kein Lumpengesindel mehr in sein Haus zu nehmen, das viel verzehrt, nichts bezahlt, und zum Dank noch obendrein Schabernack treibt.

(Jakob G. 1785-1863, Wilhelm G. 1786-1859; 1812)

CLEMENS BRENTANO

Gockel, Hinkel und Gackeleia

Der vollständige Text dieses bekanntesten deutschen (Kunst-)Märchens in Sachen Huhn, erstmals erschienen 1838, würde etwa den Umfang dieses Buches ausmachen. Zudem ist es noch heute populär und in vielfachen editorischen Varianten greifbar. Da es aber in diesem Hühner-Lesebuch dennoch angemessen mit von der Partie sein soll, hoffe ich den Leser damit einverstanden, wenn mit einer Inhaltsangabe versucht sei, das Kunstwerk hinter der nüchternen inhaltlichen Zusammenfassung erahnen zu lassen.   *Der Herausgeber*

Raugraf Gockel von Hanau war bei den benachbarten Königen von Gelnhausen Hühnerminister gewesen. Nun, in Ungnade gefallen, kehrt er mit seiner Gattin Hinkel von Hennegau und dem gemeinsamen Töchterchen Gackeleia auf das wüste Schloss seiner Vorfahren in den tiefen Wald zurück. Manchmal lässt Gockel die beiden längere Zeit allein. Zum Beispiel geschieht das, als er zwei Mäuschen vor der Katze rettet. Gockel zeigt dem erstgeborenen Königssohn Pfiffi, dem Prinzen von Speckelfleck, und seiner geliebten Braut Sissy, der Prinzess von Mandelbiß, den von Pflanzen überwucherten Heimweg in die Mäusestadt. Während so einer Abwesenheit Gockels verschulden Hinkel und Gackeleia den Tod von Gockels Stammhenne Gallina. Der Stammhahn Alektryo will darauf sterben. Widerstrebend köpft Gockel seinen ritterlichen Hahn. Aus dem Kropf des toten Alektryo fällt der Edelstein aus dem Ringe Salomonis, ein alter Familienbesitz der Raugrafen von Hanau. Mit dem Edelstein erfüllt sich Gockel alle möglichen Wünsche. So erlangt er seinen Wohlstand in Gelnhausen zurück. Gackeleia freundet sich dort mit dem Königssohn Kronovus an. Das Mädchen verschuldet den Verlust des Edelsteins. Drei alte Petschierer bringen den Zauberstein listig an sich. Gockel und Hinkel finden sich verarmt auf dem verfallenen Stammsitz der Raugrafen von Hanau wieder und verlieren obendrein die geliebte Tochter. Gackeleia, auf der Suche nach dem Zauberstein lange unterwegs, wird von den verzweifelten Eltern nicht gefunden. Doch Gackeleia hat Glück. Das Mäuschenpaar Prinz Pfiffi und Prinzessin Sissy hilft ihr aus Dankbarkeit. Wieder im Besitz des Zaubersteins, bestraft Gackeleia die Petschierer. Die drei Intriganten hatten unter anderem auch die Vertreibung Gockels aus dem Ministeramt auf dem Gewissen. Alektryo erwacht dank Zauberkraft des Steins zu neuem Leben. Gackeleia heiratet Kronovus und wird Königin von Gelnhausen. Den Ring Salomonis schenkt sie dem Gatten. Einen Wunsch hat Gackeleia noch frei. Sie wünscht sich, dass alle Anwesenden, auch die lieben alten Eltern Gockel und Hinkel, lauter schöne fröhliche Kinder werden. Der Wunsch wird sogleich erfüllt. Alle sitzen nun um den Hahn Alektryo herum. Er erzählt ihnen die oben skizzierte Geschichte.

(1787-1842; 1838)

HANS CHRISTIAN ANDERSEN

„Es ist ganz gewiß!"

D as ist eine entsetzliche Geschichte!" sagte eine
Henne, und zwar in einem Stadtviertel, wo die
Geschichte nicht passirt war. „Das ist eine entsetzliche Geschichte im Hühnerhause! Ich kann heute
Nacht nicht allein schlafen! Es ist gut, daß unsrer viele
auf der Steige zusammen sitzen!" – Und nun erzählte sie
so, daß die Federn der andern Hühner sich aufbusterten,
und der Hahn den Kamm fallen ließ. Es ist ganz gewiß!

Aber wir wollen mit dem Anfange beginnen, und der
ist in einem Hühnerhause im andern Stadtviertel zu suchen. Die Sonne ging unter, und die Hühner flogen auf
ihre Steige; eine Henne, weißgefiedert und mit kurzen
Beinen, legte ihre Eier reglementsmäßig, und war als
Henne in jeder Art und Weise respectabel; indem sie auf
die Steige flog, zupfte sie sich mit dem Schnabel, und
eine kleine Feder fiel ihr aus.

„Da geht sie hin! sagte sie, „je mehr ich mich zupfe,
um so schöner werde ich!" Sie sagte es heiter, denn sie
war der Ausbund unter den Hühnern, übrigens, wie gesagt, sehr respectabel; darauf schlief sie ein.

Dunkel war es rings umher, Henne saß bei Henne,
aber die, welche der heiteren am nächsten saß, schlief
nicht; sie hörte, und hörte auch nicht, wie es ja in dieser
Welt sein soll, um recht ruhig zu leben; aber ihrer anderen Nachbarin mußte sie es doch erzählen: „Hörtest Du,
was hier gesagt wurde? Ich nenne Keinen, aber hier ist
eine Henne, welche sich rupfen will, um gut auszusehen!
Wäre ich ein Hahn, ich würde sie verachten!"

Gerade über den Hühnern saß die Eule mit dem Eulenvater und ihren Eulenkindern; die Familie hat scharfe Ohren, sie alle hörten jedes Wort, welches die Nachbarhenne sagte; und sie rollten mit den Augen, und die Eulenmutter schlug mit den Flügeln und sprach: „Hört nur nicht darauf! Aber Ihr hörtet es wohl, was dort gesagt wurde? Ich hörte es mit meinen eigenen Ohren, und man muß viel hören, ehe sie Einem abfallen! Da ist eine unter den Hühnern, welche in solchem Grade vergessen hat, was sich für eine Henne schickt, daß sie sich alle Federn ausrupft, und es den Hahn sehen läßt!"

„Prenez garde aux enfants!" sagte der Eulenvater, „das ist Nichts für die Kinder!"

„Ich will es doch der Nachbareule erzählen; das ist eine sehr achtbare Eule im Umgange!" und darauf flog sie davon.

„Hu, hu! uhuh!" heulten sie Beide in den Taubenschlag des Nachbars zu den Tauben hinein. „Habt Ihr's gehört? Habt Ihr's gehört? Uhuh! Eine Henne ist da, welche sich des Hahns wegen alle Federn ausgerupft hat; sie wird erfrieren, wenn sie nicht schon erfroren ist. Uhuh!"

„Wo? wo?" girrten die Tauben.

„Im Hofe des Nachbars! ich habe es so gut wie selbst gesehen! Es ist beinahe unpassend, die Geschichte zu erzählen. Es ist ganz gewiß!"

„Glaubt, glaubt jedes einzelne Wort!" sagten die Tauben, und girrten in ihren Hühnerhof hinunter: „Eine Henne ist da, ja, einige sagen, daß ihrer zwei da sind, welche sich alle Federn ausgerupft haben, um nicht so wie die anderen auszusehen, und um die Aufmerksamkeit des Hahnes zu erwecken. Das ist ein gewagtes Spiel, man kann sich erkälten und am Fieber sterben, und sie sind Beide gestorben!"

„Wacht auf! wacht auf!" krähte der Hahn, und flog auf die Planke; der Schlaf saß ihm noch in den Augen, aber er krähte dennoch: „Drei Hennen sind vor unglücklicher Liebe zu einem Hahne gestorben! Sie hatten sich alle Federn ausgerupft! Das ist eine häßliche Geschichte; ich will sie nicht für mich behalten, sie mag weiter gehen!"

„Laßt sie weiter gehen!" pfiffen die Fledermäuse, und die Hühner gluckten und die Hähne krähten: „Laßt sie weiter gehen! Laßt sie weiter gehen!" und so ging die Geschichte von Hühnerhaus zu Hühnerhaus, und kam zuletzt an die Stelle zurück, von welcher sie eigentlich ausgegangen war.

„Fünf Hühner", hieß es, „haben sich alle Federn ausgerupft, um zu zeigen, welche von ihnen aus Liebesgram für den Hahn am magersten geworden sei, – und dann hackten sie sich gegenseitig blutig und stürzten todt nieder, zum Spott und zur Schande für ihre Familie, und zum großen Verluste des Besitzers!"

Die Henne, welche die lose, kleine Feder verloren hatte, kannte natürlich ihre eigene Geschichte nicht wieder, und da sie eine respectable Henne war, so sagte sie: „Ich verachte jene Hühner; aber es giebt mehrere der Art! So etwas soll man nicht verschweigen, und ich werde das Meinige dazu thun, daß die Geschichte in die Zeitung kommt, dann verbreitet sie sich durch das ganze Land; das haben die Hühner verdient, und ihre Familie auch."

Es kam in die Zeitung, es wurde gedruckt, und es ist ganz gewiß: eine kleine Feder kann wohl zu fünf Hühnern werden! (1805-1875; 1848)

Das Huhn, das nach dem Dovrefjeld wollte, damit nicht die Welt vergehen sollte

Norwegisches Märchen

Es war einmal ein Huhn, das war abends auf eine Eiche geflogen und hatte sich da zur Ruhe gesetzt. In der Nacht träumte ihm, wenn es nicht nach dem Dovrefjeld käme, so müsste die Welt vergehen. Als es nun aufwachte, flog es sogleich herunter und machte sich auf den Weg. Wie es ein Ende gereis't war, begegnete ihm ein Hahn. „Guten Tag, Hahn Pahn!" sagte das Huhn. „Guten Tag, Huhn Puhn! Wo willst Du hin so früh?" sagte der Hahn. „Oh, ich will nur nach dem Dovrefjeld, damit nicht die Welt vergehen soll", sagte das Huhn. „Wer hat Dir das gesagt, Huhn Puhn?" fragte der Hahn. „Ich saß in der Eiche und träumte es die Nacht", sagte das Huhn. „Ich will mit Dir gehen", sagte der Hahn. Nun gingen beide ein weites Ende fort; da begegnete ihnen eine Ente. „Guten Tag, Ente Pente!" sagte der Hahn. „Guten Tag, Hahn Pahn, wo willst Du hin so früh?" sagte die Ente. „Ich will nach dem Dovrefjeld, damit nicht die Welt vergehen soll", sagte der Hahn. „Wer hat Dir das gesagt, Hahn Pahn?" – „Huhn Puhn", sagte der Hahn. „Wer hat es Dir gesagt, Huhn Puhn?" fragte die Ente. „Ich saß in der Eiche und träumte es die Nacht", sagte das Huhn. „Ich will mit euch gehen", sagte die Ente. Nun machten sie sich auf und gingen weiter; da begegnete ihnen eine Gans. „Guten Tag, Gans Pans!" sagte die Ente. „Guten Tag, Ente Pente!" sagte die Gans. „Wo willst Du hin so früh?" – „Ich will nach dem Dovrefjeld, damit nicht die Welt vergehen soll", sagte die Ente. „Wer hat Dir das gesagt, Ente Pente?" fragte die Gans. „Hahn Pahn." – „Wer hat es Dir gesagt, Hahn Pahn?" – „Huhn Puhn." – „Woher weißt Du es, Huhn Puhn?" fragte die Gans. „Ich saß in der Eiche und träumte es die Nacht", sagte das Huhn. „Ich will mit euch", sagte die Gans. Wie sie nun ein Ende weiter gegangen waren, begegnete ihnen der Fuchs. „Guten Tag, Fuchs Puchs", sagte die Gans. „Guten Tag, Gans Pans." – „Wo hinaus, Fuchs Puchs?" – „Wo willst Du hin, Gans Pans?" – „Ich will nach dem Dovrefjeld, damit nicht die Welt vergehen soll." – „Wer hat Dir das gesagt, Gans Pans?" fragte der Fuchs. – „Ente Pente." – „Wer hat es Dir gesagt, Ente Pente?" – „Hahn Pahn." – „Und wer hat Dir es gesagt, Hahn Pahn?" – „Huhn Puhn." – „Und woher weißt Du es, Huhn Puhn?" – „Ich saß in der Eiche und träumte es die Nacht", sagte das Huhn. „O Schnack!" sagte der Fuchs: „die Welt vergeht nicht, wenn Ihr auch nicht nach dem Dovrefjeld kommt. Geht lieber mit mir in meine Höhle, da sitzt Ihr warm und gut." Der Vorschlag gefiel den Reisenden, und sie gingen mit dem Fuchs in seine Höhle. Als sie aber dort ankamen, legte der Fuchs tüchtig nach im Kamin, so dass sie alle schläfrig wurden. Die Gans und die Ente setzten sich in einen Winkel, aber der Hahn und das Huhn flogen auf die Hühnersteige. Als die Gans und die Ente eingeschlafen waren, legte der Fuchs die Gans auf die Kohlen und briet sie. Wie es nun dem Huhn so sengerich roch, hüpfte es einen Stock höher und sagte halb im Schlaf: „Pfui! Wie's hier stinkt!" – „O Schnack!" sagte der Fuchs. „Das ist bloß der Rauch im Schornstein. Halt nur Dein Maul und schlaf ein!" Da schlief das Huhn wieder ein. Der Fuchs hatte aber kaum die Gans zu Leibe, da machte er es ebenso mit der Ente. Dem Huhn ward es wieder so sengerich riechen, und es flog daher noch einen Stock höher, indem es wieder sagte: „Pfui! wie's hier stinkt!" Da that es aber zugleich die Augen auf und sah nun, dass der Fuchs die Gans und die Ente verzehrt hatte. Wie das Huhn das gewahr ward, flog es auf den höchsten Stock und guckte zum Schornstein hinaus. „Nein, seh mal Einer die schönen Gänse, die da fliegen!" sagte es zu dem Fuchs. Reineke hinaus und wollte sich einen fetten Braten holen. Da weckte das Huhn den Hahn und erzählte ihm, wie es der Gans Pans und der Ente Pente ergangen wär'. Darauf flogen Hahn Pahn und Huhn Puhn hinaus durch den Schornstein, und wären sie nicht nach dem Dovrefjeld gekommen, so wär's aus gewesen mit der Welt.

(1847)

Warum sich die Gänse im Wasser waschen, die Katzen sich auf dem Ofen putzen und die Hühner im Straßenstaub scharren

Ukrainisches Volksmärchen

Vor langer, langer Zeit lebte ein Mann, der hatte Gänse, eine Katze und Hühner. Als der Sommer kam und die Sonne alles erwärmte, schickten sich die Gänse an, auf die Suche nach Wasser zu gehen. Sie gingen und gingen und begegneten unterwegs einem Hühnchen.

„Wohin des Wegs, ihr lieben Gänse?"

„Wir gehen Wasser suchen, denn die Hitze ist unerträglich."

„Dann komme ich mit", sagte das Hühnchen, denn auch ihm hatte die Sonne zugesetzt, und es war ihm so heiß geworden, daß es den Schnabel dauernd offenhielt.

„Bitte", entgegneten die Gänse, „bitte, komm doch mit."

Und sie gingen, gingen, bis sie unterwegs der Katze begegneten.

„Wohin des Wegs?" fragte diese neugierig.

„Wir gehen Wasser suchen."

„Dann komme ich mit. Darf ich?"

„Bitte!"

Und sie gingen und gingen, bis sie in der Ferne einen See sahen. Die Gänse breiteten ihre Schwingen aus und flogen ans Wasser. Nun schwammen sie und badeten nach Herzenslust. Sie fühlten sich so wohl, daß sie vor Vergnügen schnatterten.

Das Hühnchen und die Katze standen am Ufer und schauten zu. Es war so heiß geworden, daß die beiden große Lust verspürten, ins Wasser zu springen. Die Angst hielt sie jedoch zurück.

Plötzlich sahen sie im Wasser ein Spiegelbild – ein Hühnchen und eine Katze.

„Na", sagten sie zueinander, „wenn sich jene nicht fürchten, warum sollen wir da Angst haben?"

Und sie sprangen ins Wasser. Da sie nicht schwimmen konnten, gingen sie augenblicklich unter. Mit Mühe und Not gelangten sie wieder ans Ufer.

Die Katze schaute auf den See und verspürte plötzlich eine solche Übelkeit, daß sie zu zittern begann; sie rieb sich mit den Pfoten und sprach:

„Nie werde ich eine solche Dummheit begehen, ins Wasser zu gehen. Ist es doch viel angenehmer, sich auf dem Ofen zu putzen."

Auch das Hühnchen ließ sich vernehmen:

„Nie, nie mehr begehe ich eine solche Dummheit! Ist es denn nicht viel angenehmer, im Straßenstaub zu scharren?!"

Und sie traten den Heimweg an. Unterwegs sahen sie einen großen Haufen Straßenstaub. Das Hühnchen sprang hinein und schlug vor Freude mit den Flügeln:

„Dies ist mein Bad!" rief es, „es ist hundertmal angenehmer als alle Seen der Welt."

Kaum zu Hause angelangt, sprang die Katze auf den Ofen, schnurrte vergnügt und putzte sich gründlich mit den Pfoten.

„Nie mehr tausche ich den Ofen gegen den See, nie mehr. Auf dem Ofen braucht man nicht zu schwimmen."

Seit jener Zeit waschen sich die Gänse im Wasser, die Katzen putzen sich auf dem Ofen, und die Hühner scharren im Straßenstaub.

Wer das nicht glaubt, soll es nachprüfen.

(1979?)

ALEXANDER S. PUSCHKIN

Das goldene Hähnchen

Lang', lang' ist's her, da lebte froh
Im Dreineunreich zu Nirgendwo
Der wack're König Herr Dadon.
Noch jung, bot er den Nachbarn Hohn,
Fügt manchen Schaden ihnen zu,
Ließ ihrer keinem jemals Ruh'.
Doch als er mählich alt geworden,
Ward ihm zuwider Brand und Morden,
Wollt' fürderhin der Ruhe pflegen –
Jetzt täten sich die Nachbarn regen,
Bedrängten hart den alten Mann,
Groß Schimpf ward ihm da angetan.
So mußt' er, um des Feindes Heeren
Den Einfall in sein Reich zu wehren,
Ein Aufgebot von vielen Hufen
Geschwind unter die Fahnen rufen.
Die Feldherr'n säumen wahrlich nicht,
Doch ach, jetzt guter Rat gebricht.
Erwartet man von Süd den Feind,
Gewiß im Ost er flugs erscheint.
Man eilt dorthin. Doch böse Gäste
Nun kommen von des Meeres Veste.
Vor Kummer weint Herr Dadon viel,
Der schlaflos bangen Nächte Spiel.
Welch Leben, so in Not zu sein!
Da fällt ihm schließlich jemand ein,
Ein alter Mann von klugem Rat,
Ein Astrologe und Kastrat.

Nach dem schickt er mit vielen Grüßen.
Alsbald erscheint vor Dadons Füßen
Der weise Mann, im Arm 'nen Sack,
Darin ein goldnes Hähnlein stak.
„Setz' ruhig diesen Vogel hier",
So spricht er, „auf des Stadtturms Zier.
Mein goldner Hahn wird ohn' Bedenken
Dir deinen Frieden wieder schenken.
Ist alles ruhig rings ums Land,
Sitzt still der Vogel unverwandt,
Doch wenn von irgendeiner Seit'
Dir Einfall droht, Gefahr und Streit,
Wenn Feindesscharen rücken an,
Wenn sonst ein Unheil dir will nah'n,
Dann reckt in treuer Wachsamkeit
Mein Hahn den Kopf und schreit und schreit,
Schlägt mit den Flügeln immerfort
Und dreht sich nach des Angriffs Ort."
Der Zar des Alten Hilfe preist,
Zum Lohn ihm goldne Berg' verheißt.
„Für solchen Dienst", entzückt er spricht,
„Will jederzeit, dran zweifle nicht,
Den ersten Wunsch ich dir erfüllen,
Als gält' es meinem eignen Willen."

Der Hahn von hoher Turmzierrat
Bewacht nun sorglich Land und Stadt,
Regt in der Fern' sich wo Gefahr,
Der treue Hüter tut es dar,
Er schüttelt sich, sträubt das Gefieder,
Er blickt nach jener Seite nieder
Und kräht sein warnend: „Kikeriki!

Sei wachsam, Zar! Da kommen sie!"
Den Nachbarn sank alsdann der Mut,
Schnell heimzukehrn schien ihnen gut.
So brach sich schnell der Wogenprall
An König Dadons festem Wall.

Nun herrschte viele Jahre Frieden,
Auch unserm Hahn war Ruh' beschieden.
Doch eines Nachts trifft Herrn Dadon
Der Schreckensnachricht grauser Ton:
„Ach Herr, du uns'res Volks Behüter",
Spricht atemlos des Heers Gebieter,
„Erwache, Herr, die Not ist groß!"
„Wieso, ihr Herren, was ist denn los?"
Spricht gähnend da des Reiches Haupt,
„Was ist's, das mir den Schlummer raubt?"
Der Feldherr ihm alsbald gesteht:
„Der goldne Hahn schon wieder kräht."
Es ist, als ob die Stadt schon brennt,
Der Zar schnell an das Fenster rennt:
Der Hahn auf seinem Wächterposten
Voll Unruh' kehrt den Kopf nach Osten.
Hier gilt kein Säumen, kein Verweilen,
„Geschwind zu Pferd, jetzt heißt es eilen!"
Gen Osten schickt ein Heer der Zar.
Es führt die tapf're Kriegerschar
Sein ält'ster Sohn. Der Hahn nun ist
Ganz friedlich still. Der Zar – vergißt.

Und so vergehn der Tage acht,
Vom Heer wird keine Kund' gebracht.
War eine Schlacht, war sie noch nicht?

Selbst König Dadon weiß es nicht.
Da kräht der Hahn von neuem sehr –
Der Zar beruft ein neues Heer.
Der zweite Sohn jetzt Führer war,
Zu retten jene erste Schar.
Der Hahn die Ruhe wieder fand,
Doch Unruh' zieht alsbald durchs Land,
Denn wieder gehn dahin acht Tage,
Und wieder hört man nichts, o Plage!
Da tönt des Hahnes dritter Schrei.
Man ruft ein drittes Heer herbei.
Der Zar führt selbst die tapfern Reih'n.
Gen Osten geht's, wird's richtig sein?

Die Truppen ziehen Nacht und Tag,
Ihr Eifer nimmer rasten mag,
Doch seltsam, weder Kampfesspur,
Noch Heldengrab, noch Lagerflur,
Nichts treffen an sie weit und breit,
Man kommt sich vor wie nicht gescheit.
So kommt der achte Tag im Flug.
Durch hohe Berge ging der Zug,
Doch als sie in die Eb'ne stiegen,
Sehn sie ein seiden Zelt dort liegen.
Rings lastet Schweigen, todesschwer:
Erschlagen liegt das ganze Heer
Im engen Talpaß. Welch ein Bild
Herrn Dadons Herz mit Grau'n erfüllt!
Dicht vor dem Zelt, der Rüstung bar,
Entseelt liegt dort das Brüderpaar.
Der eine wie durch Höllentrug
Den andern meuchlings niederschlug.

Die beiden Pferde in dem Gras,
Dem kampfzerwühlten, das noch naß
Vom Blute, weiden still.
Der Zar vor Schmerz vergehen will.
„Ihr Falken mein, ihr Söhne lieb,
Was war's, das in dies Netz euch trieb?
Weh' mir, mir todverletztem Mann,
Wer hat mir dieses angetan!"
Vom Gram erdrückt Herr Dadon weint.
Mit seinem Schmerze sich vereint
Das ganze Heer. Es schluchzt das Tal,
Es schluchzt der Berg ob ihrer Qual.
Da öffnet plötzlich sich das Zelt,
Die Herrin dieser Zauberwelt,
Ein Weib, schön wie wenn früh sich zeigt
Die Morgenröte, leis sich neigt
Vor König Dadon. Der vergißt
Der Söhne Tod, Gefahr und List.
Zu schön ist dieses Weibes Blick,
Besiegelt ist jetzt sein Geschick.
So traurig eben noch sein Herz,
Verflogen ist nun jeder Schmerz.
Sie nimmt ihn lächelnd bei der Hand,
Führt in das Zelt ihn unverwandt.
Sie heißt ihn, sich zu Tische setzen,
Dann rüstet sie zu süßer Ruh'
Ihm das brokat'ne Lager zu.
So ist er eine Woche brav
Der schönsten Frau getreuer Sklav',
Entrückt der Welt, zu neuem Leben
Dem süßen Zauber hingegeben.

Das wackre Heer zur Heimkehr drängt,
Der König sich nicht lang' bedenkt.
Mit seiner Herzenskönigin
Führt heim er sie mit frohem Sinn.
Es eilt vorauf ihm manch Gerücht,
Doch was daran, das weiß man nicht.
Kurz vor der Stadt, am breiten Tor
Grüßt ihn der Menge lauter Chor.
Zu seinem Wagen rennen sie,
Zu sehen ihn, zu sehen . . . sie.
Herrn Dadon freut das Grüßen sehr,
Da fällt sein Blick von ungefähr
Auf einen Mann im weißen Hut.
Der König kennt den Alten gut,
'S ist der, der ihm gab guten Rat,
Der Astrolog ist's, der Kastrat.
„Gott grüß' dich, Alter, sage mir",
So spricht der Zar, „wie geht es dir?
Tritt näher, sag' mir, wie dir's geht!"
Der Mann nicht aus der Ruh' gerät.
„Herr, du versprachst, den ersten Willen,
Wann ich ihn äuß're, zu erfüllen.
Ich hielt mein Wort, halt du das deine!
Wir bringen's, denk ich, jetzt ins Reine.
Mein Wunsch ist der: Gib mir die Frau,
Die ich an deiner Seite schau',
Des Zauberreiches holde Fee."
Der Zar weiß nicht, wie ihm gescheh'.
„Was?" sagt er zu dem alten Mann,
„Hat dir's ein Teufel angetan?
Hat etwas dir den Kopf verrückt,
Hast du zu tief ins Glas geblickt?

Fremd ist dir wahrlich Maß und Ziel,
Und was zu viel ist, ist zu viel.
Was sollte d i r auch eine Frau?
Ein König ist doch schließlich, schau,
Ein König. Trotzdem sei gewährt,
Was irgend sonst dein Herz begehrt.
Juwelen, Gold und Fürstenhut,
Das schönste Roß aus edlem Blut,
Die Hälfte meines Reichs sei dein –
Nur jenen Wunsch laß, bitte, sein!"
Der Alte drauf: „Ich weiß genau,
Was ich mir wünsch': 'S ist jene Frau,
Des Zauberreiches schöne Fei."
Der Zar erhebt ein groß Geschrei:
„Nichts sollst du haben, dreimal nichts!
Die Frechheit eines solchen Wichts
Ist wirklich nicht mehr zu ertragen.
He, Leute, nehmt den Kerl am Kragen!"
Der Alte setzte sich zur Wehr,
Doch Widerstand war hier sehr schwer.
Der Zar ihn auf den Schädel traf,
Da fiel er um zum letzten Schlaf.
Das Volk mit offnem Mund zusah,
Die Schöne lacht nur hahaha.
Sie kennt nicht gut, sie kennt nicht böse.
Der Zar, daß sich sein Schrecken löse,
Lacht ihr gezwungen freundlich zu,
Er eilt zur Stadt, ob süße Ruh'
Nach langer Fahrt er endlich finde.
Da eilt vom hohen Turm geschwinde
Mit leisem Krähn der Hahn herbei.
Zum Wagen fliegt er, eins, zwei, drei,

Setzt sich dem König auf den Kopf,
Stößt ihm den Schnabel durch den Schopf,
In Scheitels Mitte, und – verschwindet . . .
Des Zaren jähes Ende kündet
Ein letztes Röcheln. – Und die Frau?
Ach niemand sah es wohl genau:
Fort war sie, als war nie sie da. –

Zu Nirgendwo das Ding geschah.
Ich wünschte, diese kleine Mär
Den jungen Leuten Warnung wär'.

(1799-1837; 1834 / 35)

KARL HERLOßSOHN

Hahn und Henne
Liebesgeschichte zweier Thiere

Der von seinem Zeitgenossen Heinrich Heine sehr ge-schätzte Schriftsteller, Journalist und Herausgeber K(C)arl Herloßsohn wurde 1802 in Prag geboren und starb 1849 in Leipzig. Sein privates Leben sowie seine Karriere als Autor waren von Höhen und Tiefen geprägt. Herloßsohn gehörte zu den Vertretern des literarischen „Vormärz" bzw. „Jungen Deutschlands", die in der ers-ten Hälfte des 19. Jahrhunderts in ihren Werken gegen den absolutistischen Staat, die selbstherrliche Kirche und erdrückende gesellschaftliche Konventionen an-schrieben und sich mit ihnen vehement für Pressefreiheit, Demokratie und politische Meinungsfreiheit kämpften.

Die Berücksichtigung Herloßsohns „Hahn und Henne", erschienen 1830 in Leipzig, in diesem Buch war nicht nur thematisch geboten, sondern eröffnete auch die Gelegenheit, einem Appell des Literaturwissenschaftlers Dieter Sudhoff nachzukommen. Er bedauert das weitge-hende Verschwinden Herloßsohns aus dem heutigen lite-rarischen Gedächtnis, was „weder seiner historischen Bedeutung noch seinem Werk gerecht" werde, „das mit den Satiren auf menschliche Schwächen oder gesell-schaftliche Mißstände in vielem bis heute aktuell geblie-ben ist, und das mit den Romanen und Novellen noch im-mer anspruchsvolle Unterhaltung verspricht. Es ist Zeit, den verlorenen Sohn Prags ins literarische Bewußtsein heimzuholen." (Corvey-Journal Jg. 2, 1990, H. 4, S. 12)

Ich bitt' Euch doch um Gotteswillen,
Macht mir aus den Tieren nicht etwa Leute,
Und wenn ich von Schafen und Eseln sprech';
Sagt nicht, daß es Euch oder Andre bedeute.

Erstes Kapitel

Der Hahn ging am Abend durch das Dorf. Als er um die Ecke eines Hauses bog – stand er plötzlich vor seiner Henne. Ihre Tritte wurzelten im Boden, sie starrten sich wechselweise mit trunkenen Blicken an und blieben stumm. Endlich faßte er Muth und sagte: „Henne, ich liebe Dich!" – Erröthend schlug sie die Augen nieder und schwieg. Dann erwiederte sie, tief Athem holend aus melodischer Brust, doch leis und befangen: „Hahn, auch i c h liebe Dich." – Aber was soll mir Bürge Deiner Liebe sein?" – Der Hahn weidete einen Moment seine Blicke an der herrlichen Gestalt der schüchternen Geliebten, und versetzte hierauf: „Es ist kein gemeines Herz, das es wagt seine Blicke bis zu Dir zu erheben; schon dieses freie, kühne Geständnis deutet auf eine edle Leidenschaft. O Henne! ich will mir Deinen Besitz erkämpfen! Ich will hinaus in das Leben, will mit dem falschen, trügerischen ringen, will ihm seine Güter abtrotzen, unter allen Gestalten seine Bitterkeiten verkosten, von seinen nichtigen Reizen mich aber nicht verlocken lassen! Ich will Mensch werden um zu leiden, um mich zu reinen, und habe ich die Schlacken des Menschtums nach Leiden und Entsagungen abgelegt, so will ich zurückkehren in meinen edlen Stand hier und zu Deinen

Füßen noch einmal die schüchterne Frage wagen: Liebst Du mich – und darf ich Dich jetzt besitzen?" – Er endete und holte tief Athem aus der bangen Brust. Die Henne aber entgegnete bald darauf: „O Du entzückst mich, mein Geliebter! Handle wie Du gesprochen und dies treue, unentweihte Herz, diese Hand, die keine der Geringsten ist, soll Dein werden. – Doch ich fühle nicht minder tief als Du! Auch ich will hinaus in das Leben, auch ich will mit seinen Blüthen tändeln, mit seinen Verkettungen ringen und will das unentweihte Herz zurückbringen in dies bescheidene Elysium. Nicht so kräftig, wie der Mann, steht das Weib, wenn es allein steht und ein Mädchen, sich selbst überlassen, ist allzusehr der Verführung preis gegeben: doch die Liebe wird mein heiliger Engel sein, und ich werde es mit ihr vollbringen, mein Geliebter! Nicht bin ich ausgerüstet mit männlicher Ausdauer; darum lass meiner Versuche weniger sein, als die Deinen. Aber ich werde der hohen Aufgabe, alle Gluth, deren ein Jungfrauenherz nur fähig ist, weihen. – Leb' wohl!" –

„Leb' wohl!" sagte er und sah ihr schmachtend in das feuchte Auge. – „Auf Wiedersehen denn!" lispelte sie und er hauchte es nach mit bebendem Munde. Er hätte so gerne um einen Scheidekuß, um den ersten Kuß seiner Liebe, um den Erkräftigungskuß für seine Wanderung gefleht: doch er wagte es nicht, e r e n t s a g t e! Sie ließ eine Thräne herabgleiten auf den Flügel, er küßte diese unendlich theure Thräne auf; dann preßte er ihre Hand an seine Brust und riß sich erschüttert los.

Er flog hinaus gegen den Waldeshang – sie schritt nach dem Hühnerstalle zurück. – Weithin eilte er in der Aufregung seines Gemüthes, bis er jenen Hügel erreichte, von dem man zum letztenmale das Dorf in seiner romantischen Lage erblicken kann. Diesen Hügel bestieg er und sah zurück nach der Heimath, von welcher er den bitter=süßen Abschied nehmen wollte. Er warf die feuchten Blicke dort hinüber und sein ganzes Leben, Vergangenes wie Gegenwärtiges, glitt vorüber in seiner Erinnerung. Hinter der Dorfkirche ging die Sonne unter, ihre Purpurfarbe überfluthete die ganze Gegend, die Fenster der Häuser glühten in ihrem Strahle, auch dort die Fenster jener Meierei, wo er sie, s i e, bei deren Namen sein Inneres allgewaltig aufjauchzte, wo er die einzig, ewig Geliebte wußte! Und er breitete seine Flügel aus und umarmte den Luftkuß, der herüberrauschte, und ließ seine Stimme frei ertönen in der heiligen Einsamkeit.

„Leb' wohl! leb wohl!" sagte er. „Strömet nur jetzt hervor, Ihr heiligen Thränen, die ich so lange kräftig unterdrückte; schäme Dich ihrer nicht, starkes Männerherz: Sie sind ja Dein kostbarstes Gut! Ich gehe, ja ich weiß, daß ich gehe: ich w i l l gehen! – Ob ich aber auch wiederkehre? – – Fragt der Pilote darnach, wenn er in das Weltmeer hinein steuert und die Heimathsküste hinter ihm versinkt? fragt der Araber darnach, wenn er mit dem leitenden Kameele die schreckliche Wüste betritt? Weiß es der Taucher, wenn er tief auf den gräulichen Meeresgrund hinabsinkt, um die Perle zu holen? Weiß es der Bergmann, wenn er nach tiefem Schachte niederfährt, die Goldstufe an's Licht zu fördern? – Sie fragen Alle nicht darnach; denn sie vertrauen Alle einem leitenden Schicksal. – Und so will auch ich hinaus, will die Bangigkeit meines Herzens noch in ihren Keimen ersticken, will mich klagelos, wenn gleich blutend losreißen; ich will gehen! Der Taucher weiß nur, dass er die Perle finden wird – und eine solche Perle geh' ich mir zu gewinnen. – Leb' wohl, Ort meiner Kindheit, meiner seeligen Thräume; Du Elysium meiner Liebe! Ich werde Dich sobald nicht wiedersehen. Ihr Weiden dort, in deren Silberzweigen jetzt der Abend säuselt, die ihr meine Liebe gesehen, die ihr – heilige Dryaden, meine Seufzer gehört – grünet fort; flüstert heut zum letztenmale auch der Geliebten zu. Ihr werdet entblättert im Winterfroste stehen, und H a h n wird noch ferne weilen. Leb' wohl, Du Wetterhahn dort auf dem Kirchenthurme, theurer, unstätter Namensbruder, der Du die Sonne stets zuerst am Morgen und zuletzt im Scheiden siehst! – Bist Du vielleicht einst wie ich gewesen? Hat eines Zaubers Macht Dich in diese Gestalt gebannt und Du mußt nun von Sturm und Regen umtobt Dich ewig drehen in der einsamen Höhe? – Oft blickte ich beim Erwachen durch den Morgennebel zu Dir empor und Dein beständiges Loos, das Du so männlich trägst, hat mich gelehrt, mein sorgenschweres Herz zu beruhigen. Leb' wohl, du grüner Teich dort unten, wo der Enten und der Gänse verachtetes Volk, ohne höhere Weihe, sich keines erhabeneren Zweckes bewußt, laut schnattert und schwatzt. Einsam stand ich oft an deinem Ufer, und wenn der Abendwind dein Wasser kräuselte, so dacht' ich an die Wogen des Lebens. Jetzt stehe ich hier, im Begriff, in jene Wogen mich zu stürzen und die gute Männerbrust der Brandung entgegen zu werfen! – Es haben so viele Dichter die Schmerzen des Abschiedes zu schildern versucht; doch ist es noch Keinem ganz gelungen. Keiner hat noch die tiefe Wehmuth solcher Stunden in all' ihrem ungeheuren Umfange erfaßt; keiner diese geheimen Schauer, welche das Herz packen, wenn es sich losreißt wie das Kind zum letztenmale von der

Mutterbrust, zu malen vermocht. O ihr guten Sänger! ihr wißt nicht was Scheiden ist, wenn Wiederkehren keine Gewißheit ist. Hektor ging dem Kampfe entgegen, dieser war seine Gewißheit: ich gehe in das seltsame Leben hinein, fremd und ohne Sicherheit – und das Ende ist mir ein furchtbares Räthsel: denn zwischen Anfang und Ende kann der Tod lauschen und – ich sehe die Heimath vielleicht – – n i e w i e d e r!" – –

„Aber Muth! Muth! du jugendliches Männerherz. Warst ja sonst so ein ritterliches Degenblut, wenn du im wunderstolzen Zorn, willens=kräftig, als stätter Siegesheld durch die Schaaren deiner Genossen zogest! O du mannhafter Nordlands=Recke, Kampfhahn, du des Kampfes erster Hahn, raffe dich empor aus menschlicher Feigheit kränkender Anwandelung; scheide entsagend – zerdrück' die letzte Thräne im Angesicht und klopfe wieder stolz an deine Brust und rufe laut: Ich bin ein Mann!"

„Ja, so sei es! Ich veracht' euch alle, meine Genossen, deren Leben kein Kampf, deren Liebe kein Preiserringen ist. Ein fahrender Ruhmesheld werd' ich, so mir die Götter gnädig sind, zurückkehren und Schild und Lanze in der Halle aufhängen, von meinen Thaten erzählen und stolz sein auf sie. – Doch der Abend dämmert – ich muß noch in den Wald, um von der alten Base Z a u b e r - s c h l a n g e die Wundersalbe zu holen, die mich in alle Gestalten verwandeln soll, unkenntlich dem kleinlich=engherzigen Menschengelichter. – Ich will mich kurz fassen! – Leb' wohl, du einzige, unsterbliche Geliebte; Mädchen mit dem dunklen schwärmerischen Auge, mit der weichen treuen Brust! Leb' wohl! Nicht wie sonst ritterliche Jungfrauen pflegten, hast du mir scheidend das Geleite gegeben, nicht hier auf dem Hügel haben wir stürmisch den Abschied feiern können. – Es ist hier der Ort, wo die jungen Burschen des Dorfes, wenn sie in den Krieg oder auf die Wanderschaft hinausziehen, von ihren Dirnen den rohen Abschied nehmen. Auf s o l c h e m Punkte konnten wir auch unsre heiligen Gefühle nicht entweihen. Laß der gemeinen Menschennatur den rohen Ausdruck der Klage, wir wissen auf edlere Weise edle Gefühle zu tragen und zu bändigen. Einsam sitzest du wohl dort auf der Leitersprosse in deinem Kämmerlein und während die Schwestern und die Kleinen bereits schlafen und im Schlafe zirpen und pipen, nimmt dein Herz den innern, wehmüthigen, schmerzvollen Abschied! O Geliebte! wie du das vollkommenste Weib bist in allen Tugenden, die da wirken: so bist du es auch in den Stillen, Geheimen, die kein Auge sieht, als das Scharfblickende der Liebe. Suche dir Trost in den Dichtern der Liebe – denn das Weib bedarf eines milden Zuspruches, eines freundlichen Sternes im Gemüthe, der hervorleuchtend ihre Umgebung süß bestrahle! Und hab' ich dich, du Herrliche, recht verstanden, so ziehst auch du morgen hinaus in die Welt und setzest deine Reize, deine Kräfte an den Besitz einer Liebe, die schon dein auf ewig ist. O geleitet sie gnädig, ihr Engel der Unschuld! Leitet sie, ihr Genien der Liebe an Blumenketten durch das Leben, gebt ihrem Wachen Blüthen, ihrem Schlummer holde Träume; nehmt sie in Euren Schutz, ihr Götter, und ich will Euch bezahlen mit den Gütern meiner Seele, mit einem Herzen voll unendlichen Dankes, mit Thaten, über die ihr selbst erstaunen werdet. Ich werde mein Wort lösen: denn ich bin ein Mann! – I c h h a b e v o l l e n d e t!"

Er sprang den Hügel hinab und rauschte in den Wald. Hier hatten sich die Schatten schon gelagert, es war finster zwischen den feuchten Gebüschen. In der Ebene schwankte der Nebel in weißen, gespenstischen Streifen – vom Dorfe tönte der Stundenschlag und der einsame Ton des Nachtwächterhornes; das erste Viertel des Mondes zog prachtvoll am Himmel auf. –

Der Hahn aber drang tiefer in die Waldesnacht, wo die uralten Fichten rauschten, tausendjährige Eichen ihre Stämme endlos in die Höhe streckten, wildes Gestrüpp die Bäume verkettete und die Bäche schaurig=hallend von den Bergwänden fielen. Dort in jener Felsenschlucht wohnte Base Zauberschlange, dahin hatte sie den Jüngling beschieden [*zu sich kommen lassen*]. Er krähte dreimal: dies war das verabredete Zeichen – ein Stein fiel aus der Felsenwand und zeigte so den geräumigen Eingang zur Höhle der Base. Sie erwartete bereits den Jüngling. Er hüpfte hinauf und trat ein. Zusammengerollt saß die Schlange im Hintergrunde, bloß das grüne Licht ihrer Augen erhellte seltsam die geräumige Wohnung; doch blickten diese Augen den Hahn freundschaftlich an. „Du kömmst wirklich, mein guter Sohn," sagte sie mit einer widerlichen, pfeifenden Stimme, in welcher jedoch viel Herzlichkeit lag – „Dein Entschluß steht also fest. Mir recht! Denn ich habe keinen Beruf [*keine Veranlassung*], Deinem edlen Eifer in den Weg zu treten. Hier hab' ich die edle Salbe zubereitet; sie wird Dich, wie Du wünschest, unkenntlich machen, wenn sie Dir auch nicht alle Ähnlichkeit mit Deinem angebornen Zustande nehmen kann. Doch soll Dir dies nirgends hinderlich sein. Nimm, mein Sohn, und bewahre das Töpfchen wohl. – Sprich nichts – ich will keinen Dank – Du weißt, ich handle ohne Lust nach Lohn. Doch jetzt horche noch auf einige Lehren, die mein und meiner Ahnen Erfahrungs= schatz gesammelt; Du wirst sie brauchen im Leben; denn Deine Bahn ist dornig und Deine Prüfung wird schwer sein." – Sie langte ein Buch aus dem Winkel der Höhle herbei, schlug es vor sich auf, setzte eine große Brille auf die Nase, so dass die grüne Augen=Beleuchtung dadurch dämmerlich gemildert wurde; dann nahm sie aus einer goldenen Dose, welche das Geschenk einer vornehmen Person schien, eine Prise und las mit gedämpfter Stimme aus den vergelbten Blättern folgendes:

„Mein Sohn! Verleugne unter den Menschen die er= habenen Tugenden, die Dir angeboren sind, und suche Dir die Ihrigen anzueignen. Sollten diese auch zuweilen U n t u g e n d e n genannt werden, so lass Dich das nicht beirren. Es ist dies nur ein zweiter Name für eine und dieselbe Sache."

„Vertraue Niemandem, lass Dir aber Alles anver= trauen. Du bist so im Besitze der mächtigsten Waffen ge= gen die Menschen. Die Geheimnisse der Kleinen ver= rathe, wo es die Nothwendigkeit erheischt, die der Großen verschweige, so lange sie über Dir stehen und Einfluß haben."

„Opfre Dich für Niemanden auf, wenn es Dir nicht zehnfachen Vorteil bringt." –

„Überlege lange, bevor Du die Wahrheit sprichst – bei der Lüge brauchst Du es so genau nicht zu nehmen."

„Gehe auf die Beschäftigungen, Leidenschaften und Gebrechen aller Deiner Menschen ein – mache sie glau= ben, daß Du für dieselben gestimmt bist und Du wirst sie Dir gewinnen."

„Traue nur der That, n i e einem Worte."

„Deine Leidenschaften berge, prunke aber mit Angenommenen."

„Vor Allem ertödte Dein zartes Gefühl, Deinen Edelmuth, Deinen Rechtlichkeitstrieb. Kannst Du das nicht; so gib diese Sachen inzwischen in ein Leihhaus; wenn Du erst wieder Hahn bist, kannst Du solche wieder einlösen. Sollte man Dir aber, wie ich befürchte, nichts darauf borgen wollen, so lege sie als getrocknete Pflanzen zwischen Löschpapier; da conserviren sie sich. Vor Allem aber leihe sie keinem Menschen, denn der würde sie Dir stark abnutzen oder gar zu Schanden machen."

„Lerne weinen, wenn andre lachen und so umgekehrt."

„Halte am Alten fest und kämpfe für das Legitime, Herkömmliche."

„Beleidige keinen Priester und keine Sängerin."

„Sprich das Wort Preß[*efrei*]heit und Constitution n i e aus."

„Frage nicht von wem das Geld kommt, ob es gern oder ungern gegeben wird. Nimm es und strebe ernstlich darnach."

„Ein Stern auf der Brust ist mehr werth, als alle Sterne des Himmels."

„Es ist nicht nötig, dass man ein Herz habe; man bewahre sich nur den Platz dafür, um es daselbst unterbringen zu können, wenn man seiner einmal bedarf." –

„Und hiermit genug, mein lieber Sohn", sagte Base Schlange und klappte ihr Buch zu. – „Geh' in Gottes Namen! Das ist so ein Trostspruch, den ich den Leuten mitgebe, wenn sie im Begriffe stehen, einen dummen Streich zu machen. Bei Klugen helfen sie sich selbst mit einem: Ei der Teufel! aus. – Danke mir nicht, lieber

Sohn! Du weißt, ich kann die Rührung nicht leiden und bin uneigennützig. Als Andenken jedoch will ich mir hier einige Federn von Deiner Brust, und noch ein paar aus Schwanz und Flügeln nehmen, denn ich brauche ein warmes Lager. Es ist immer so kalt hier." Sie rupfte ihm nach diesen Worten einige Federn aus, was ihm, beiläufig gesagt, einigen Schmerz verursachte, umarmte ihn und wischte sich eine Thräne aus dem Auge. „Du wirst, lieber Sohn", sagte sie noch zuletzt, während sie ihn bis an den Eingang der Höhle begleitete, „mit der höchsten Glückstufe beginnen, mit der untersten aufhören. Fasse Dich nur in Geduld und sei ausdauernd. – Ei das ist noch eine allerliebste Feder –" unterbrach sie sich plötzlich, während er im Begriffe war mit einer Verbeugung von dem Eingange herabzuspringen, „die mußt Du mir noch zum Putze schenken, liebes Söhnchen – Adieu! Deine Base segnet Dich. –" Sie that es, nachdem sie ihm noch eine der stärksten Schwanzfedern ausgerupft. –

Der Hahn flog eilig den Felsenkegel hinan, wie er oben stand und die dampfende Gegend übersah, regte sich im Osten das erste Morgenroth und blitzte hervor aus halbgeschloßnem Augenliede; er krähte dreimal laut hinaus über Wald und Thäler und schüttelte damit für lange Zeit seine ursprüngliche Natur ab. Die Büchse unter dem Flügel flatterte er in das thauige Gebüsch hinab und ward von dieser Stunde an nicht mehr gesehen in jener Gegend. –

Zweites Kapitel

Es war an demselben Abend. Die Henne war geschieden von ihrem Hahn mit schwerem Herzen. Sie neigte das Antlitz tief herab, damit die Schwestern ihre Thränen nicht gewahrten, welche sie länger nicht zurückzuhalten vermochte. Langsam schlich sie nach dem Hühnerstalle; doch es herrschte wildes Getümmel, Streiten, Krähen und Pipen darin. Die Gefühllosen gingen mit Geräusch zur Ruhe, wie sie stets mit Geräusch erwachten. – Sie setzte sich darum auf die Sprosse der Leiter, welche vom Dache herabhing und sah über das abendlich glänzende Dorf dahin. –

Es ziemt dem Weibe seine Gefühle geheim zu halten, denn sie sind gar zarte Blumen, welche fremde Nähe leicht wie ein Nachtfrost, wie der giftige Mehlthau trifft. So verhaucht sie ihre Klagen in der Einsamkeit, während der Mann seine Schmerzen austobt in den Stürmen dar Natur! – Sie schwieg, ihre Labung waren die Thränen. Sie gedachte noch all' der schönen Plätze ihrer aufkeimenden Liebe, die sie nun alle verlassen sollte. Ihre Phantasie flog hinab nach dem Hofe, wo der Geliebte einst ein Waizenkorn, das er schon im Begriffe war aufzupicken, ihr freiwillig überlassen hatte, da er ihr kaum in das Auge gesehen. Es war die erste Regung ihrer Neigung gewesen. Sie flog im Geiste hinab nach dem Weidendamme, wo sie ihm so oft begegnet war, wo sie eines Abends lange an seiner Seite gewandelt, beide beklommen und schüchtern, so daß sie es nicht wagten auch nur ein Wort der Liebe, ja nicht einmal, wie die Menschen, ein Wort über das Wetter zu sprechen. Sie gedachte der Stelle am Weidenbusche, wo er sie gegen die rohen

Anfälle des Hahns vom Schulzen kühn und ritterlich vertheidigt und als er den argen Feind besiegt, nicht einmal ihren Dank erwartet hatte, sondern bescheiden sich entfernte. – Sie dachte an Alles! – O die Liebe ist reich und schön in ihren Erinnerungen. –

Und der Abend senkte sich tiefer auf Dorf und Flur herab – die Glocke tönte – heiser verklang das Gebell der Hunde – sie blickte nach jener Gegend hin, wo Er geschieden und nahm stillen, wehmüthigen Abschied von ihm. – Lange kam der Schlaf nicht; doch da er endlich kam, war er nur ein Träumen von ihm. In ihm redete die Zunge abgebrochene Sätze von dem Geliebten; sie nannte im Schlummer seinen Namen mehrmal laut, was die züchtige Jungfräulichkeit im Wachen nie gestattet hätte. Doch der Schlaf wurde zum Verräther, denn in ihm ist die Seele Unterthan einer andern Welt und einer andern Macht. Und während aus dem Stalle heraus das Zirpen und Girren der Schläfer ertönte, während die Tauben oben im Schlafe murrten und trommelten, der Hund schnarchte, der Nachtwind mit der Vogelscheuche im Obstgarten sein neckend Spiel trieb: saß sie mit geschlossenen Blicken da, doch mit geöffneter innerer Sehkraft und sprach in abgerissenen Pausen mit halblauter Nachtwandler=Stimme, bald von einer Rose träumend: „An Alexis send' ich Dich!" – Dann wieder des letzten Grußes gedenkend lispelte sie: „Wenn in des Abends Dämmerscheine Dir eine lächelnde Gestalt" – – und – – „Ich denke Dein, wenn Himmelssterne blinken." – – Nachdem sie eine Weile geschwiegen und geschlafen regte der Traumgott, diese silberne Phaläne, welche den Schläfer umflattert und bald auf Stirne, Mund und Brust sich niederläßt, bald auf Ohr und Hand, und süße Worte der gefesselten Seele zuflüstert, seine Schwingen wieder und die Schläferin lispelte: „Einsam wandelst Du Freund in dunkler Ferne!" – –

Und so sehnte sie sich ab, während die thierischen Laute sie umgaben, die Glocke mit ihrem ehernen Mund von Stunde zu Stunde an das arme Leben und die Vergänglichkeit, aber auch an den Trost der Zukunft, an das: „Es wird besser Gehen" der Gebeugten mahnte, während das Horn des Nachtwächters die Schlummernden fühlen ließ, daß sie schlafen: – bis der erste Morgenstrahl über den fernen Hügeln emporguckte, wie das erste Erwachen einer erröthenden Braut, und das Hundegebell sich regte, die Hähne der Nachbarschaft ihre Stimmen versuchten und das Geflügel im Stalle sein Gefieder sträubend sich schüttelte, zum Zeichen des Erwachens. – Da dachte sie noch mit aller Gluth der liebenden Seele an ihn, wirbelte aus geöffnetem Munde ein lautes, unendlich=tiefes Lebewohl und – war es des Zufalls heilige, geheimnißvolle Macht? – war es die Gnade der Götter, welche den Liebenden gewogen sind? – es war derselbe Moment, wo er von jener Waldhöhe aus seine Stimme ertönen ließ in die purpurne Morgenluft.

So verknüpft ein heiliges Geschick Geister, die sich lieben, auch über die Ferne hinaus und die Trennung ist's, die wie ein Seidenwurm den goldenen Faden spinnt und ihn dehnt und dehnt, daß er um das Erdrund reicht, wie der Äquatorsgürtel; daß er die lieben Herzen so an zwei Enden hält und sie sich wiederfinden und zurückspinnen können, wenn sie dem Ariadnefaden folgen. –

Es kam der Tag mit seinem wilden Geräusch, der die sanftern Regungen der Seele beeinträchtigt. Die Henne hielt sich fern von ihren Genossen, sie ging an all' die

Orte ihrer stillen Seligkeit und nahm Abschied von ihnen mit wehmüthigem Herzen. – Als der Abend kam, flatterte sie auf den Zaun des Mühlenteiches, wo sie ungestört die ganze Gegend überblicken konnte. Hier saß sie lange stumm und sinnend, blickte bald hinüber nach dem Hause ihrer Geburt, bald in das untergehende Sonnenlicht, und weinte süße, bittre Thränen. Diese Thränen sind ein holdes Labsal der beengten Weiberbrust, sie kommen wie der Regen beim Gewitter, stets vor dem Schmerze, oder wenn er ein plötzlicher gewesen, nach ihm und so erfrischen sie die Flur, über welche das Unwetter hin zieht.

Und als sie sich ausgeweint und in den bittersüßen Seeligkeiten der Liebe geschwelgt, da begann sie folgendes Alleingespräch von der e r s t e n L i e b e: „Wenn die Blumen ihren ersten Traum geträumt, wenn die Kindheit der Knospen vorüber ist, wenn der Blätter Busenfülle schwillt, der Kelch erröthet, Thau und Sonnenstrahl in den farbigen Schoß herabgaukeln, dort eine Liebesfeier zu begehen, wenn der Keim so sinnlich=selig von innen schwillt, von außen buhlende Winde sie umschwärmen; dann ist es der ersten Liebe seelige Zeit, der Blume schönste Zeit! Wenn das Nachtigallenweibchen das Nest gebaut, die Nachtluft warm und mild durch die Blüthenzweige fächelt, der Mond die Erde millionenmal küßt, das Weibchen mit halbgebrochenen Lauten nur vom nahen Zweige girrt und ihre Prachtaugen durch das Dunkel leuchten feucht und brennend; wenn da der Liederquell in der Nachtigallenbrust sich regt und hebt, wie der losgelassene Springquell, langsam zuerst, dann höher, immer höher, und endlich hinausgeschmettert in die horchende Natur; so ist d a s d e r e r s t e n L i e- b e seeligste Zeit! – Und so ist auch meine Seele wonnig erregt, himmlisch erschüttert worden. Als ich ihn zuerst sah, dehnte sich mein Herz, wie der Blumenkelch, und Himmelsthau und Himmelsstrahl von meinen Thränen, von seinen Blicken taumelte hinein, der Mond küßte mich und wie in der Nachtigallenbrust dehnte sich der Liederstrom in meines Hahnes Seele. O erste Liebe, wer schildert Deine Seeligkeiten, deine Ahnungen, deine Genüsse. Fühlen kann sie die sterbliche Brust, aber schildern nie, denn vorüber wandelt dein Rausch, wie der Äolsharfe Akkord, dessen Sinn und Töne kein Ohr festzuhalten, in seiner Ursprünglichkeit zurückzurufen im Stande ist!! Und darum wird Dein Heiligthum nie gemein, nie entweiht; weil eben die ätherischen Gestalten vorüberschweben, weil sie uns bloß mit ihrem Blüthenstengel Brust und Wange berühren, uns nur den Duft und den Farbenstaub, den sie angestreift, nie aber ihre Gestalten zurücklassen. Es ist so, wie wenn man träumt über einem Meere zu schweben, in dessen Strömung Millionen prachtvoller Blumen dahinschwimmen; eine schöner und einladender als die andre: der Arm kann sie nicht erreichen, die Phantasie keine der Formen behalten: denn eine drängt die andre und nur in schwachen Umrissen, neblig, wenn gleich unendlich schön, bleibt das große herrliche Bild in unserer Erinnerung. Und so sind Sehnsucht, Ahnung, Kuß und Blick der ersten Liebe Wonnen. – Doch hat die erste Liebe auch Schmerzen. Die Nachtigall hat wehmüthige Lieder, denn Furcht und Besorgniß lasten auf der liebenden Seele und kämpfen mit der Hoffnung und Ungewißheit; schmerzhaft berührt der Nachtfrost den Blumenkelch und der Stachel des Wurmes nagt an ihrem Herzen! Und dennoch lieben sie und sind seelig in den Schmerzen. Das ist der Liebe geheimer Zauber, der ersten Liebe bittre Wonne eben. Besitz ist kalt – ist die Blüthenzeit vorbei, so schlägt das Nachtigallenmännchen nicht mehr; wird aus der Blume die Frucht, so ist der Schaft hart, das Herz ruhig, besonnen geworden. Der zweite Sommer bringt schon kräftigere Blüthen, minder zart und glühend, der Nachtigall Klage ist nicht mehr der erste Sehnsuchtshauch voll des namenlosen Zaubers, die zweite Liebe findet ein Herz, wo die erste Blumensaat schon abgeblüht hat; und die Erinnerung weiß gut, wann ihr Elysium war und daß es anders war als jetzt!" –

„O erste Liebe, du bist der einzige Thautropfen des Himmels, den er in jedes Geschöpfes Brust geträuft hat, der darin zum Sterne wird und ihm von da aus leuchtet durch das ganze Leben, selbst wenn es eine Leidenkette, eine ewig=dauernde Islandsnacht ist. Wie ist man reich zur Zeit der ersten Liebe, wie trägt man Leiden und Entbehrungen ohne Harm und Klage, wie lacht die Schöpfung, wie spielt das Leben um uns, wie leben alle edlern Gefühle, Mitleid, Freundschaft, Sanftmuth, Versöhnung, Friedlichkeit in uns und bilden einen Kranz um diese Eine schönste Tugend! Sehnsucht, du dauerst bis zum Besitze und des Besitzes erster Moment ist zwar Dein letzter aber auch dein seeligster. Hochherrlich, wie in gewaltiger Flammenpracht ein geschiedener Held im Glanze seiner Tage, gehst Du in der seeligsten Minute unter und Deine Seeligkeit ist Tod – wenn der Tod Deiner Seeligkeit anbricht." –

Sie wischte sich die Thränen aus den leuchtenden Augen und athmete tief. Dann Brust und Haupt stolzer erhoben, fuhr sie fort: „Und solchem Tode strebe ich entgegen, wie es Gesetz ist der heiligen Natur. Noch umspielen mich die Wonnen alle, die süßen Ahnungen, das verzückte Verlangen, die geheimnißvolle Bangigkeit – aber durch die Entbehrungen will ich schreiten zum Tode, zu jenem Besitze. Was ist Liebe der Leidenschaft, wenn sie von der Vernunft beherrscht wird – Leidenschaft der Liebe wird groß, wenn die Vernunft von ihr untergeordnet wird." –

„Und so hab Dank, Du holder Genius meiner Liebe, der Du mir dies Glück gegeben, habt Dank, ihr Stimmen der Natur, die ihr mich dies fühlen gelehrt, habt Dank ihr d e u t s c h e n, d i c h t e n d e n F r a u e n, die ihr mich gelehrt habt, das Gefühlte auszusprechen, um es auch andre nachfühlen zu lassen. Ich bin mir dadurch klarer geworden! – Und nun zarte Mädchenseele, rüste Dich zu dem großen Werke, Mensch zu werden! Lebt wohl, Thal, Berg, Dorf, Heimath – von jetzt an gehöre ich dem Leben, der Welt mit ihren weiten, trügerischen Kreisen an."

Der Abend verdämmerte, sie flog an dem bekannten Hügel vorüber nach der Waldhöhle, zur Base Schlange. Auch sie erhielt jene Verwandlungssalbe und gute Lehren für die neue Laufbahn, welche hier näher anzugeben uns jedoch die Discretion verbietet: denn das schöne, schwache Geschlecht hat Geheimnisse, welche der Mann, will er nicht unzart sein, nicht ungestraft aufdecken darf. Nur die Freundin und der Arzt werden zuweilen ins Vertrauen gezogen; die Dichterinnen aber sind es, welche derlei geheime leisbelauschte Regungen, die den Männern entgehen, eben weil sie ferne stehen, süß verzuckert und als ewige Beweise für die edlere, wahrhaftere Natur der Frauen zu unserer Kunde bringen. –

Als der Besitzer der Meierei am folgenden Abend seine Hähne und Hennen zählte, fehlte das

rothgesprenkelte Paar. Es schalt die Magd A n n e = L i-
s e, welcher die Pädagogik des Hühnerstalles anvertraut
war, ob ihrer Sorglosigkeit aus, beschloß, ihr den Werth
des Verlustes vom Lohne abzuziehen, blieb ungerührt
bei ihren Thränen, bis Michel der Knecht durch die Ver-
sicherung Trost schaffte: er seinerseits glaubte den Dieb
zu kennen. Der Häusler Mathis sei so ein Hühner= und
Gänsedieb, er habe ihn an den beiden vorigen Abenden
vorüberschleichen sehen bei der Meierei und verwette
seine Ehre, daß er die Hühner wieder holen wolle, noch
in derselben Nacht. –

Die Beschränkten, Gemüthlosen! Als ob es für die
Geliebten kein würdigeres Loos gegeben hätte, wie jenes, gefangen zu werden und heimlich eines gemeinsamen Todes zu sterben!

Michel stieg in derselben Nacht über den Gartenzaun
des Häuslers, wurde aber von diesem, der einen leichten
Schlaf hatte, gehört, ertappt, für einen Dieb gehalten und
dermaßen mittelst eines Prügels zugedeckt, daß er seiner
zärtlich=geliebten Anne=Lise wohl drei blutige Wunden
auf seinem harten Schädel und ein geschwollenes Auge
als Zeichen seiner Anhänglichkeit in den Schoß legen,
aber keine Hühner wieder geben konnte.

Wenn daher dieses Werk auch in jene Dorfgemeinde
gelangen sollte, aus deren Mitte ich zwei edle Seelen hier
zu verherrlichen gedenke, wie sie sich selbst verherrlicht
und ihrem Geburtsorte sogar bis in die neue Welt hin großen Ruhm gebracht haben, so möge es zugleich dienen –
die gekränkte, verdächtigte Ehre der beiden respectiven
Männer Michel und Mathis zu rechtfertigen und sie von
dem wechselseitigen Verdachte des Diebstahles zu

reinigen. Denn diese Denkwürdigkeiten hier sind niedergeschrieben, um Nutzen zu stiften!

Drittes Kapitel

Der neue königliche Gesandte von H a h n e n s t e i n
war in N. . . angekommen. Wegen der gerade begonne-
nen Ferien konnte er seine Function nicht sogleich antre-
ten. Er bezog sein schön eingerichtetes Hotel, schickte
Karten herum, besuchte die elegante Gesellschaft, und
ging dann auf ein paar Monate in das nahegelegene Bad
—

Man fand den Gesandten recht erträglich=liebens-
würdig. Sein Äußeres war, wenn nicht außerordentlich
empfehlend, doch sehr weit von dem, was man abschre-
ckend nennt, entfernt. Seine stark gebogene Nase wollten
einige tadeln, doch machte sie hingegen bei andern, der
erfahrenen Damen, um so mehr Glück und hatte ihren
ganzen Beifall. Hahnenstein war noch jung und hatte bereits eine glänzende Carriere gemacht. Mit der Wirksam-
keit eines geheimen Legationsrathes verband er nun die
Function eines Gesandten am großen Bundescongreß der
Generalprovinzen; er trug zwei Orden und den Kammer-
herrenschlüssel. Unter seinen Collegen, die fast sämtlich
zu ihrer Erholung und Beschäftigung im Bade waren,
ward er bald einheimisch; doch tadelten viele seinen
Feuerkopf und seinen Geschäftseifer, seine heftigen pat-
riotischen Ideen und die freisinnigen Ansichten, welche
er häufig laut werden ließ, die aber zu der Stellung eines
Diplomaten nicht recht paßten. Der alte Minister W. . . .
sagte dagegen beschwichtigend: „Laßt ihn nur gewähren,

meine lieben Kinder. Ich bin jetzt zwölf Jahre hier. Jeder, den ich noch ankommen sah, kam mit einer guten Tracht Feuereifer versehen. In einem Jahre singt er ganz anders, ist er so ruhig wie wir. Denkt an mich und erzählt mirs wieder." –

Weniger gefiel von H a h n e n s t e i n s Hang zur Einsamkeit den Collegen und ihren respectiven Frauen und Töchtern. Er hatte jeder Dame nur vorübergehend den Hof gemacht und keine einzige bedeutende Intrigue gesponnen. Er sah schwärmerisch aus und schien sein Herz in der Residenz seines Vaterlandes gelassen zu haben. Das fand man gar zu sentimental für einen Staatsmann und medisi[e]rte [*lästerte*] darüber.

Er horchte nicht auf das Geschwätz, blieb fleißig wie vorher, schwärmte in den herrlichen Umgebungen des Badeortes, die von der Natur gesegnet, von der Geschichte mit großen Erinnerungen geschmückt sind, umher, oder er blieb zu Hause im verschlossenen Zimmer und befestigte so die Vermuthung, daß er sich mit Schriftstellerei befasse.

Und in der That trieb er auch eine Art Schriftstellerei, doch nicht jene karge, beschwerliche für Lohn und Ruhm der Welt; es war Schriftstellerei seiner Liebe, seiner Seele Idee und Ausführung, wozu ihm kein Verleger den Plan, gleich einem Stück Tuch gegeben hatte, um es zu verschneidern. Er schrieb an den „M e m o i r e n a u s d e m L e b e n e i n e s H a h n s", welche er seiner Henne zueignete und zu ihrer Lectüre bestimmte, damit sie schon jetzt, oder in den Tagen ihrer Wiedervereinigung die Schilderung seines Menschenlebens überblicken könnte. So begann er darin:

„O Du meine einzige Geliebte! So wäre ich denn fern von Dir und weiß nicht, wo Du weilest; und meine Seele fühlt sich desto inniger an Dich gekettet und möchte vergehen vor Sehnsucht. Ich weiß nicht ob Du jemals diese Zeilen lesen wirst und dennoch muß ich sie dem Papiere vertrauen und es ist mir als fändest Du sie in der nächsten Stunde, als wäre Dein Geist zugegen und sähe, was ich schreibe und denke. O es ist so süß und bequem einen Roman in Briefen zu schreiben!" –

„Meine Theure! Hier bin ich und weiß nicht, was ich bin und wer ich bin. Wohl hat die Base Schlange recht gehabt, da sie mir verkündete, ich würde mit der obersten Stufe irdischen Glückes beginnen: aber warum fühl' ich das Glück nicht in seiner ganzen Ausdehnung? Ist es, weil ich es fasse mit dem Geiste eines Hahnes, mit dem schuldlosen Gemüthe eines Thieres – oder gibt es kein vollkommenes Menschenglück? Mit der Salbe ist mir Alles geworden was ich brauche, Kenntniß und Einsicht. O meine Geliebte! Ist man denn mächtig, wo man nichts zu thun hat? Alle meine Collegen vom Bundescongresse sind geistvolle, gelehrte, wichtige, sogar fähige Männer, man nennt sie mächtig; ein feierlicher Glanz umgibt uns, als oberste, heilige Behörde, und dennoch müssen wir alle die Nichtigkeit desselben fühlen: denn wir wirken nicht, wir zerstören selbst nicht. Die Kreuze auf meiner Brust und der goldne Schlüssel auf dem Fracke – seltsame Tracht – sie zeichnen mich aus vor vielen tausend Menschenkindern und das sollte doch wohl nicht umsonst sein. Ich sollte im Geiste kräftiger, im Wirken reichhaltiger sein, als alle diese Tausende, um jene Auszeichnung zu verdienen. Doch nein! So ist es nicht, jene wirken mehr, mühen sich und quälen sich ab, während ich ruhe und ruhen muß. Und so weiß ich von uns allen nicht, ob wir bedeutend oder unbedeutend, ob wir wichtig oder unwichtig sind. Neun Monate haben wir Ferien, drei Monate Urlaub; so vergeht das Jahr. Es gibt entweder für uns nichts zu thun oder wir sollen nichts thun. Kömmt ein Bericht oder sonst eine Geschäftsanregung, so wird von uns beschlossen zu b e s c h l i e ß e n daß er protocollirt und darauf im Archiv deponirt werde. Ich möchte demnach sagen, wir haben zwölf Monate im Jahr keine Arbeit. Für den Trägen, den Bequemen oder den Abgelebten, der Ruhe Bedürftigen ist das sehr angenehm; wie soll aber der Feuergeist hier Nahrung, Luft und Glanz finden? Während der Zeit, daß ich hier bin, ist nichts vorgefallen, was wichtig genug gewesen wäre, durch unsre offizielle Zeitung bekannt zu werden. Ein andrer Gesandtschaftsrath, mit dem ich als dem Empfänglichsten, Umgang pflege, erzählte mir, es wäre auch so lange E r sich hier aufhalte, nichts dergleichen vorgefallen, ausgenommen, daß in voller Sitzung beschlossen worden ist, wegen der Würde des Ganzen und zum Besten der Generalprovinzen, mehrere ausgezeichnete Werke in die Congreßbibliothek aufzunehmen, z.B. ein Buch über die bequemste O f e n h e i z u n g – ein andres über B r e n n m a t e r i a l i e n und O f e n r ö h r e n; über die B r a n n t w e i n b r e n n e r e i u. s. w. – Und dennoch, meine Geliebte, schmachtet das arme Volk, das wir repräsentiren, beschützen, dem wir helfen sollen, unter vielfältigem Drucke, leidet an alten Wunden, die noch immer bluten und es bis zum Tode schwächen; dennoch ist es bedrückt und verkürzt von einigen Provinzialvorstehern, die auch wechselseitig nicht einmal Frieden halten unter einander! Statt an Ofenheizung sollten wir

daran denken, die Herzen der armen Menschen zu erwär-
men, geistig und körperlich; statt uns mit Branntwein-
brennerei und Brennmaterialien zu befassen sollten wir
sie begeistern für Freiheit, Einigkeit, Vaterlandsliebe
und Gemeinsinn. Statt zu forschen, wie der die Menschheit verderbende Branntwein entfuselt wird, sollten wir
sie von Trunkenheit, Irr= und Aberglauben, vor Miß-
brauch unzulänglicher, veralteter Gesetze und Formen
retten. Was helfen gute, neue Ofenröhren, wenn die Armuth nichts hat für die Speiseröhren, das Herz nichts für
seine Blutröhren, das Gehirn nichts für die Ohrröhren! O
meine Geliebte! Es schneidet in meine Seele, höre ich
den Weheruf des Völkerrechtes, die Klagetöne getäusch-
ter Hoffnung, das Verwimmern eines armen, öden, be-
trogenen Daseins. Die Sterne auf meiner Brust wärmen
mich nicht, denn mein Herz schlägt ohnedies warm für
das Schöne und Edle; aber sie lasten eiskalt darauf, sehe
ich die Armuth in ihrer Blöße frieren und ich verwünsche
alle neue Ofenapparate, wenn der Brennstoff, der sie er-
wärmen soll, mangelt. – Und nicht das Wohlbefinden allein macht diese Menschen, wie ich in kurzer Zeit aber
richtig erkannt habe, glücklich; sie sind, wenn gleich weniger als wir, doch besser als Bäume, denen es genügt in
gutem Erdreich und gegen den Nordwind gestützt, zu
stehen: es ist die Idee, die sie beglückt, die Wärme der
Freiheit, die Klarheit des Geistes, der sie bedürfen, um
an Leib und Seele gleich glücklich zu sein. Stiehl der
Pflanze das Licht und sie verkümmert – und diese Menschen sind, wie ich eben sagte, doch etwas mehr als
Pflanzen. Genügt es dem Vogel, daß er im Käfig einge-
schlossen, alltäglich sein gutes Futter hat, daß er nicht
jeden Tag ängstlich es zu suchen braucht. O nein! Gebt

ihm die Freiheit und er verschmäht Eure süßen Körner um der Schlechten willen, die er sich mühsam suchen muß. So schreitet der Zeitgeist, wenn die Völker mündig werden, allmächtig vorwärts. Sie haben ihn, den mächtigen Adler, in einen großen, eisernen Käfig verschlossen, und wir sind um den Käfig herumgestellt, sein Ausfliegen zu – leider! zu verhindern, nach seinen Bedürfnissen zu forschen und sie denen mitzutheilen, die da sind Machthaber und die Pflicht tragen, ihnen abzuhelfen. Diese Schildwachtsteherei aber ist langweilig und ermüdend, sie stumpft sogar ab – wir lassen es, da wir ja seinen Käfig ohnehin nicht öffnen dürfen. Aber über kurz oder lang wird dieser Riesen=Adler, kann er die Stäbe seines Kerkers nicht durchbrechen, sein Haupt an ihnen sich freiwillig zerschmettern; um blos die Seele zu befreien und diese Seele glaube ich – wird herumwandeln als Gespenst und die Schläfer erwecken, die Trägen andonnern, die Unthätigen emporschütteln und sie Alle mit seinem Geiste erfüllen, schrecklich, gefährlich und – ungeheuer!" –

„Es ist aber, als wären meine Genossen mit Blindheit geschlagen; denn sie preisen blos ihr Geschick, als das höchste irdische Glück. Die Provinzialvorsteher aber sind mit uns und unserer Unthätigkeit zufrieden, sie erhalten uns noch darin, denn sie haben sich unter einander und dem Volke einen Popanz hingestellt, der Ehrfurcht einflößt, sie in Furcht erhält, das Verlangen nach Verbesserung stets mit Troste abweist, und eben in dem Umstande, daß er existirt, auf die Zukunft hin mit Hoffnungen verweist."

[…]

„O meine Geliebte! Könntest Du mich jetzt sehen, Du würdest mich wohl kaum erkennen, so verändert bin ich geworden. Sonst als freies Thier ging ich gerade und stolz einher und sah der Gotteswelt frei ins Auge, jetzt schleiche ich gebückt einher, denn mein Rücken ist krumm geworden, nicht von der Last der Arbeit, wohl aber von den Beugungen der Demuth, Kriecherei, Liebdienerei und Höflichkeit. O meine innerste Seele sträubt sich gegen solche Entwürdigung, doch die Menschen finden dieses gebückte Leben weder mehr auffallend noch lästig. So äußerst verderbt sind schon die Armen. – Wenn ich so des Abends allein wandle im Park, der hinter dem Kursaale liegt, da hänge ich meinen Gedanken nach und bleibe oft stehen und betrachte meinen Schatten, und sehe, wie ich – da ich nun ein glücklicher, wichtiger Mensch geworden, auch nur der Schatten eines freien Geschöpfes bin; ich entsetze mich vor meiner gebückten, entwürdigten Gestalt. Ich weine Thränen nicht über das, was ich thue, nein! über das, was ich unterlassen muß. Wenn mich die grünen Pappeln dort umrauschen, wenn der Springbrunnen geschwätzig, wehmüthig=klingend herüberschallt; dann denke ich nicht allein an Dich, meine Geliebte, o ich habe Erbarmen mit den Menschen und sinne nach, wie es möglich wäre, den Baum ihres Wohlstandes auch grünen zu machen, den Quell ihrer Begeisterung, ihrer bessern Elemente in die Höhe zu treiben!! Durch Declamationen wird hier nichts bezweckt, meine Theure; es muß Menschlichkeit, Liebe, und ein väterlicher Sinn, Entsagung und vor allem Frömmigkeit in die Herzen der Provinzialvorsteher kommen, ihr Gemeinsinn muß sich für das Volk und das große Vaterland erklären. Und es ist ja so leicht und lohnend

Glückliche zu machen; es ist so süß zu befreien, es macht reicher von seinem Überflusse andre zu bereichern!"

„Möge es ein guter Gott wenden. Ich werde froh sein, habe ich diese erste Probe überstanden; wie schrecklich muß es erst tiefer unten sein. Doch die Liebe wird mir auch dazu Kraft geben. Ich kann den armen Geschöpfen, unter denen ich jetzt bin, nur Thränen geben; helfen mögen sie sich selbst. Wenn Gott ihre Vorsteher erleuchtet, werden es d i e s e! Ich habe indessen gefühlt was eines Menschen höchstes irdisches Glück ist – Geld, Sorglosigkeit, Unthätigkeit. Der glücklichste Menschensohn ist also der, welcher Gesandter am Bundescongresse ist; er hat Titel, Würde, Gehalt – ich meine die Bezahlung, welche er für seine Thätigkeit erhält – Unthätigkeit, Frieden, Ruhe. Es fehlt ihm demnach nichts, wenn er nicht ein Herz hat, wie ich – der Hahn.

[…]

Fünftes Kapitel

Mein Einzig Geliebter! Wirst Du mich erkennen in diesem Bilde, in dem Bilde, welches ich von mir entwerfen will; wirst Du in diesen Zügen, dieser Umgebung Deine Henne wiederfinden? – O es ist nach unserm Abschiede, nach meiner Verwandlung Ungeheures mit mir vorgegangen. – Und denkst Du meiner, süßer Bräutigam, Mann meiner Seele, Engel meiner Träume, denkst Du noch mit all der Gluth jener einstigen Liebe an mich? O das Menschenleben erdrückt und tödtet hundert

Regungen durch seine grellen Formen, seine wechselreichen Gewalten – warum sollte sie nicht; – doch nein; an Dir, Du herrlicher, aufopfernder Mann, zu zweifeln, wäre Sünde!! –

Höre mich, Geliebter, und laß die Stimme Deiner Braut Dich mit heiligen Schauern durchbeben! – Als ich verwandelt wurde und mit des Lebens schönstem, höchstem Loose meine Prüfungslaufbahn beginnen sollte, hoffte ich eines K ö n i g s Tochter zu werden, und – wurde eine S ä n g e r i n. Base Schlange sagte: Thörichtes Kind – das höchste Weib in der Welt ist jetzt eine Sängerin; ich nenne Dich H e n n' r i e t t e und Du bist mehr als Prinzessinnen uralten legitimen Geblütes, selbst mehr als Eine, die die eigne Krone trägt, selbst mehr als Jene, welche die katholischen Christen als Heilige verehren.

Höre mich! Ich kam zu einem kleinen Theater, ohne Empfehlungen, ohne bedeutenden Ruf; ich hatte nur meine Stimme, Geliebter! die Du wohl von einsamen Morgengesängen her kennst, und meine Schönheit, die einst Gnade vor Deinen Blicken gefunden, deren Du vielleicht noch wie eines süßen Traumbildes gedenkst. Mit diesen Eigenschaften betrat ich die Bühne, welche mehrere Juden auf ihre Kosten, und als eine Bereicherungsanstalt, gegründet hatten. – Ich gefiel: – die Weise, wie ich als Henne mich gebe, nannten sie süße Koketterie, wundersamen Liebreiz, himmlische Naivität: die Thörichten, sie nahmen das Thierische bei mir für die Hauptsache, wie sie auch Alles Unmenschliche für Liebenswürdigkeit halten. Mein Gefallen überging bald in Enthusiasmus, man vergötterte mich, man wand mir sterbliche und unsterbliche Kränze, die öffentliche

Achtung steigerte sich, so daß selbst Fürsten mich auszeichneten, als es verlautbarte, daß auch mein Lebenswandel ein unbescholtener, reiner sei; daß ich Auszeichnungen entsagt, schnöde Anträge mit Verachtung zurück gewiesen hatte. O es war leicht, es war ja allein meine Liebe zu Dir! – Wie sich in den Herbstmonaten das Schnupfenfieber oder bei uns im Frühling der Pips einfindet, so packte der Henn'rietten=Taumel die ganze Stadt; man brachte mir Serenaden, Fackelzüge, Feuerwerke, Prozessionen; es gab mir zu Ehren begeisterte und illuminirte Menschen, ich war das üppige Bild ihrer Träume im Schlaf, das Sehnsuchtsideal ihres Strebens im Wachen. – Die bildende Kunst verewigte meine Züge in tausendfachen Formen, in allen Rollen war ich die Göttliche, erschien ich eine Überirdische. Hier sende ich Dir eines der gelungenen Bilder – kaum wirst Du mich wieder erkennen in dem seltsamlichen Modeschmucke. So stand ich in meinem Benefizconcerte, zu welchem Billets zu erhalten beinahe ein paar kleine Fürsten mit ihren Armeen erschienen und in Streit geraten wären: – so stand ich vor dem Orchester. Das süß=zauberische Lächeln – wie sie es nannten, ach! es ist ja nur der Ausdruck, den ich stets habe, wenn ich singe – dies Herabspielen mit den Augen riß alles zur Beifallsraserei hin, Christen und Juden schwammen damals in krampfhaften Lusterregungen, und schienen einander zu lieben, einander zu vertrauen; mehrern Musikern entfielen die Instrumente und der Dirigent unten wußte nicht, wo ihm der Kopf stand und rief begeistert aus: „O ich bin ein großer Esel!" Er fand nämlich in seinem Entzücken keinen bequemeren Ausdruck. Im Triumphzuge geleitete mich das Volk nach meiner Wohnung; als der Jubel so, der blendende Fackelzug, die begeisterten Hymnen durch die Straßen flogen, da wurden Blinde sehend und weinten Thränen der Rührung, Taube hörten, Frauen kamen frühzeitig doch ohne Schmerzen nieder, und die steinerne Bildsäule selbst auf dem Brunnen des Ochsenplatzes gab, trotz dem, daß die Röhren seit lange vertrocknet waren, ihr Wasser von sich. –

O mein Theurer! wie schämte ich mich da, weniger ob der Thorheit dieser Narren, als der Lästerung des Großen, welche mit mir getrieben wurde. Ich bin ja nur eine Henne – wenn sie d a s wüßten! Ich schäme mich dieser Triumphe namentlich, wenn ich einen würdigen, um die Menschheit verdienten Mann ärmlich und verkannt an seinen Mitbürgern hingehen sehe; wenn ich einen alten armen, invaliden Krieger auf dem hölzernen Beine, das ihm und nichts weiter seine Begeisterung eingetragen, einherwandelnd erblicke. – Aber sie sagen mir wieder beim Menschen sei das S c h ä m e n unanständig und zeige von geringer Bildung. So muß ich es denn bleiben lassen.

Die Anbetung zu mir steigerte sich aber noch, als es Einzelne wagten in Opposition gegen sie zu treten, als der Tadel sich erkühnte, mein heiliges Talent anzutasten. Da rüstete sich das Volk in Massen, die ganze Nation bereitete einen Aufstand, einen heiligen Krieg um die Ehre i h r e r Jungfrau zu retten. – Daß ich Anstand [*wohl gemeint: Abstand*] nahm meinen Geburtsort anzugeben, kannst Du Dir leicht denken, ich nannte bald diese, bald jene Stadt und ließ die Frager in Ungewißheit. Sieben große Städte usurpirten nun die Ehre, mein Geburtsort zu sein. Alle hatten gleichviel Beweise dafür, denn sie fanden ähnliche Namen in den Kirchenbüchern, keine wollte ihre Ansprüche aufgeben und so überzogen sie einander mit Krieg. Mein Herz blutete – die Menschen, deren Wahnsinn mich belustigt hatte, fingen nun an mich zu dauern, wie uns das Taumeln eines Berauschten so lange belustigt, bis er nicht Schaden genommen, nicht mit dem Haupte gegen eine Wand gestürzt ist. Ein gelehrter Mann in M., der eben so durch die Größe seines Kopfes und dessen verhältnißmäßige L e e r h e i t bekannt ist, fertigte sogar ein Stammregister an, wornach er meine Herkunft von der Königin Semiramis ableitete. – Ich lachte – mein geliebter Hahn! Ich weiß am besten von wem ich abstamme. –

Da, wie erwähnt, jener Nationalkrieg, an dem auch die Juden, die ihrerseits wieder behaupteten ich stamme von Rahel ab und gehöre zu ihrer Nation, Theil nahmen, ausbrechen sollte, verließ ich mit Reichthümern beladen, das gute, gläubige Deutschland und eilte nach Paris. Mein Ruhm war mir vorausgeeilt, denn tausend Ruhmredner waren vor mir hingeflogen. Mir allein gelang es, die Ehre der deutschen Nation in den Augen der Franzosen zu retten, von diesem meinem Erscheinen an datirt sich die Achtung, welche die Gallier vor den Deutschen hegen; ich lieferte den Beweis, daß es auch in Deutschland Liebenswürdigkeit, Grazie, Coquetterie, Begeisterung gebe. Die Franzosen ihrerseits wollten wieder, ich sollte die Ihrige sein; Einige Erzfranzosen behaupteten sogar keck, ich müsse durch einen Franzosen in das deutsche Ehebett meiner Mutter hineingepfuscht worden sein. –

Doch die Menschen sind oft dennoch schlechter, als ich sie mir vorstelle. Sie wagten es nun, da sie der Ruhm meiner Kunst, wenn sie ihm zu nahe traten, niederschmetterte, meine Ehre anzugreifen. Sie beschuldigten mich des Verlustes meiner Jungfräulichkeit, sie nannten mich Mutter. Zwar gab es noch einige wenige Gute, die da behaupteten: wenn es auch sei, so müsse es nur zum Heile der Welt geschehen; denn ich würde gewiß einen Halbgott (die Juden meinten, den Messias) gebären. Doch war es ja nicht wahr, wie Du leicht begreifen wirst, mein Theurer – ich sollte einen Mann, einen Menschen lieben – o schrecklicher Gedanke! Treu Dir bis zum Tode, ist mein Entschluß bis zum Tode. – Indessen gelang es den wenigen Bösen nicht meine Tugend zu verdächtigen, denn eine neue Nation rüstet sich, ihre Reinheit mit den Waffen zu vertreten. Meine guten Deutschen, die ich verlassen, strömten herbei, rüsteten eine heilige Schaar, ein Freikorps, Banner, kurz einen ganzen Befreiungskrieg aus und schrieen: „Nein! Es ist nicht möglich, weil wir es nicht glauben wollen – sie ist eine reine unbefleckte Jungfrau. In den Tod für Germania und Henn'riette." –

Um ein neues Blutvergießen zu verhindern, eilte ich hinüber nach England. Mein Empfang hierselbst war auch ein glänzender, doch kein so herzlicher, kein nationeller, wie auf dem Continente. Die Engländer sind keine Nation, haben keine allgemeine Begeisterung, sind des großartigen Enthusiasmus der Deutschen und Franzosen nicht fähig. Sie gaben wir viel, sehr viel Geld, doch dadurch glaubten sie auch die Kunst genugsam geehrt zu haben. Es schossen sich nicht einmal ein Paar Lord's mir zu Liebe mit einander. Sie sind auch eine barbarische Nation; denn gleich bei meiner Ankunft im Lande war ich gezwungen einem schrecklichen, empörenden Schauspiele beizuwohnen. Zur rohen Ergötzlichkeit der Menge wurden auf einem erhöhten Schauplatze zwei unserer edelsten, schönsten Brüder gegen einander gehetzt, und mußten auf Leben und Tod kämpfen. Besonders schnitt mir das schreckliche Loos des Einen, der Dir, mein Theurer, so ähnlich sah, der aber unterlag und für todt auf dem Kampfplatze liegen blieb, in die Seele. Ich weinte – und die Menschen konnten j u b e l n! Was half es mir, daß ich neuen Triumphen entgegen ging, mein Herz war in Wehmuth zerflossen ob der traurigen Erinnerung. –

Hier bin ich nun und sehne mich zurück nach dem Continente. Wohl zollen sie, denen A l l e s zollen muß, Beifall und Gold, zwar hat ihr größter Dichter, der nunmehr auch der Größte des Jahrhunderts ist, sich vor mir geneigt, gedemüthigt möcht' ich sagen (so berichteten die Deutschen) und er hat ihnen dadurch eine Lehre geben wollen, wie ich zu ehren sei; doch ist dies Volk unempfänglich, es hat mir noch nicht Eine Pyramide errichtet, noch keiner seiner Fürsten hat um meine Hand geworben, und mit königlichem Gepränge bin ich auch nirgends, wie in jener deutschen Stadt am Rhein, (herrlichen Andenkens!) wo der langnasige Bürgermeister mich im Triumph einholte, den Bürgern bei Androhung des Hundeloches befahl „Hurrah!" zu schreien und „Heil dir im Sängerkranz" zu singen, wo er mich Majestät anredete – – empfangen worden. Ich wünsche bald zurück zu kehren – nicht so sehr, um neue Triumphe zu feiern, als um mich wieder zu verwandeln, um aus dem lästigen Zustande, der für einen Menschen wohl der Erhabenste, Glücklichste, Ruhmvollste sein mag, nur nicht für eine Henne, wieder heraus zu kommen. Was soll ich mit all den faden Schmeicheleien und Anbetungen hirnverrückter Thoren, was mit der Vergötterung, mit dem lächerlichen Wahnsinne der Menschen, was mit der thörichten Liebe, die sich mir aufdringen will? Möge Eine, die menschlich fühlt und verlangt, nach mir in diese Hülle treten, ich beneide sie nicht darum; möge sie aber weniger mild, weniger gut und herzlich sein als ich; möge sie die schalen Herzchen brechen, die hohlen Puppen von sogenannten unsterblichen Geschöpfen als Affen betrachten, die abgerichtet sind um ihren Triumphwagen in possirlichen Sprüngen zu hüpfen, oder als Sclaven, die auf einen Wink des Herrn ihr ganzes Besitzthum zu seinen Füßen legen müssen. O sie verdienen die Strafe für ihre Thorheit; denn sie haben den Sinn für das wahrhaft=Unsterbliche, für das Große, das Verdienstvolle, verloren; wer sich den Ideen der Menschheit zu ihrem Wohle mit Riesenkräften hinopfert, der zerfließt in ihren Augen zu nichts, gegen den Triller aus einem Gesangesmunde: So weit ist es mit ihrer Entartung gekommen. –

Auch lockt mich, mein Theurer! der Umstand nicht, daß, wie ich höre, mehrere Nationen darauf antragen wollen, jede erste Sängerin, sammt ihrer Familie, für legitime Glieder eines regierenden Hauses zu erklären, so daß, wenn Staaten getheilt oder erobert werden, oder wenn ein Regentenhaus ausstirbt, die Sängerin oder ihre Nachkommen Ansprüche auf den Besitz des Thrones haben sollen. Für den Fall, erzählten Andre wieder, daß die Sängerinnen alle zur Erhaltung ihrer Stimme, sich entschließen könnten, unvermählt zu bleiben, würden sie auch Anwartschaft auf die päpstliche Würde erlangen; gleichen Rang mit den Cardinälen haben wir bei dem Ableben des jedesmaligen Kirchenoberhauptes mit im

Conclave sitzen, wo es dann leicht vorkommen könnte, daß eine oder die Andere mit der Tiare [*auch: Tiara; (heute nicht mehr getragene) hohe, kronenartige Kopfbedeckung des Papstes als Zeichen seiner weltlichen Macht*] geschmückt würde. –

Doch mein Geliebter! Mich reizt es nicht, es wird mir heiß unter diesen Gewändern: ich wollte, die wohlthätige Salbe bethaute mich schon und meine schönere Psyche entflatterte dieser menschlich=glücklichen, doch für mich trübseeligen Hülle! –

Leb' wohl Geliebter! Ich fühl' es zwar, meine Laufbahn ist süß und kürzer als die Deine, doch bin ich ja nur ein schwaches Weib, nur im Dulden groß und im Entsagen. Du wirkst als Mann, brauchst Kraft und Ausdauer; ich möchte Dir Deine Last erleichtern, doch bin ich ein armes, zaghaftes Mädchen; brauchst Du Thränen? – Thränen kann ich Dir geben! Leb' wohl! Bald hörst Du mehr von Deiner ewig treuen Braut. –

Nach ihrem Abstieg in die höllische Menschenwelt können wir nun die Protagonisten verlassen. Wie im Märchen müssen sie, um endgültig und dauerhaft zueinander zu finden, dort eine Anzahl Abenteuer bestehen, sprich in diverse soziale oder berufliche Rollen schlüpfen, die sämtlich und in beider Geschlechterwelt das vermeintlich zivilisierte und kultivierte Leben als absurdes teatrum mundi entlarvt. Die Henne macht die Zwänge einer Hofdame, einer Ministertochter, einer Dame von Welt, einer Dichterin, am Ende einer Rezensentin und Gouvernante durch. – Der Herr der Schöpfung erlebt zu Beginn die schlimmste denkbare Demütigung als Politiker. Als er in die Position gerät, Reformen im oben genannten

Sinne des Vormärz durchzusetzen, scheitern diese an Intrigen. Er wird des Verrats bezichtigt, eingekerkert und zum Tode verurteilt. Nur durch Rückverwandlung in einen Hahn kann er der Hinrichtung entkommen. Danach durchlebt er das Geschäft des Rechtsverdrehers und Blutsaugers, will heißen eines Advokaten, dann ist er Theologe, Bankier, Wucherer, Buchhändler, der die schreibende Zunft zur Ader läßt, danach ausschließlich rückwärtsgewandter und theoriebesessener Philologe, schließlich Dandy, Soldat und Bauer. In einem Briefwechsel bleiben die beiden Menschentiere in Kontakt miteinander und „berichten sich gegenseitig ihre erschütternden (und noch heute brisanten) Erfahrungen mit der verderbten und lächerlichen Menschennatur und den miserablen Gesellschaftsverhältnissen." (Sudhoff, S. 15) Da bleibt nur eines: die Rückverwandlung. – Ausgespart sind die weltlichen Kapitel vier sowie sechs bis vierundzwanzig.

Beschluß

Es war ein himmlischer Sommermorgen, über dem Waldgebirge sandte er sein rosiges Lächeln herauf, das die Erde herausfordern sollte, ihn doch freundlich zu begrüßen; leichte Wölkchen zogen ihm wie Silberkähne voran und schifften durch die blaue Fluth, und verkündeten der Welt wie die Boote im Hafen das Einlaufen des erhabenen Fahrzeuges, die Ankunft der lieben Sonne, die wieder kam heiter und mild, warm und licht, gütig und unwandelbar, wie sie es schon seit Jahrtausenden gehalten.

Mitten im Wald hinter den Tannenwipfeln erhob sich ein Fels mit Moos bekleidet, romantisch in seinen Umrissen, welche die Blüthen üppiger Kräuter bildeten. Auf der höchsten Spitze desselben, die so eben den Morgen mit einem Kusse roth verglühte, lag schlummernd ein Hahn von schönem Gefieder. Wie ihn jetzt der Sonnenstrahl traf, regte er sich als eine belebte Memnonsäule, er erhob sein Haupt, blickte hinein in das schöne, bunte All und starrte voll Verwunderung sich, die Erde, den Himmel, die Gegend rings an. Er öffnete sein Flügelpaar und regte es in raschen Schwingungen der Welt grüßend entgegen, dann jubelte er mit dreimaligem Krähen auf zum Himmel, herab zur schönen Erde. „Also schon ausgespielt, schon überstanden, rief er aus – mein Herr, meine Mutter, ich danke Dir. Es war also die letzte Probe gewesen, und wie ich mich gestern mit der Salbe bestrich, so kehrte ich nicht wieder in die armseelige Menschlichkeit, sondern ich kam zurück in die vollendete Form, die mir der Herr gegeben. O ich möchte in meinen Thränen zerfließen voll wehmüthiger Freude. Sei mir gegrüßt, heilige Thiernatur, sei mir gegrüßt, Welt, die Du mir nun so nahe stehest; Erde, nimm mich wieder auf, Deinen einfachen, unverdorbenen Sohn! Und ich wache wirklich, die Stunde der Vollendung hat geschlagen und die grellen Maskengestalten des Menschenlebens, ich habe sie abgestreift wie einen trunkenen Traum. Preis und Dank dem Herren und seiner Gnade, die mein besseres Theil nicht zu Grunde gehen ließ in den Brandungen so harter Prüfung. – Werde ich aber auch meine Geliebte wiedersehen, wird an ihrer Hand mich ein schöner Lohn beglücken; wird sie siegend, wird sie unschuldvoll, wie sie schied, wiederkehren? Wird uns das reine Band vereinigen und den Abend unsrer Tage ein Stillleben beschließen, dessen mildes Licht die Schatten der Erinnerung vergolden wird! – O nahe mir bald, Licht meiner Seele, Athem meines Lebens, Hesperus meiner ferneren Tage!"

Und horch! Durch das Gebüsch rauschte es empor wie Flügelschlag, und es nahte der Anhöhe und stand plötzlich vor dem Trunkenen in der bekannten, lieblichen, geliebten Gestalt.

Seine Sinne wollten ihm vergehen; sie schlugen die Flügel um einander und lagen so Brust an Brust in der seeligsten Umarmung, und die Welt und das frühere Leben versank vor ihrer Anschauung.

Der Taumel schwand, sie sahen sich in das trunkene Antlitz. Wohl war der Drang verlassener Tage noch lesbar in den blassen, fast abgeblühten Zügen zu lesen; aber sie war doch noch schön wie einstens, er war männlich hold wie in den Tagen der ersten Liebe. Schön aber ist die Seele, welche des Lebens Werth erhöhte.

„O Du hast viel gethan, Du hast viel gelitten", sagte sie endlich mit einer Thräne im schönen Auge, „um meinetwillen. Wie kann ich Dir lohnen?"

„Rühme nicht meine Thaten", versetzte er feurig, „damit ich nicht beschämt von Deiner Hoheit, Deiner liebenden Aufopferung, Deiner herrlichen Ausdauer des erhabensten Weibes würdig – zurück weichen muß."

„So nimm denn", rief sie jetzt mit holdem Erröthen und die schüchterne Bangigkeit zurückdrängend, „den ersten Kuß von Deiner Preciosa Munde!"

„Preciosa!" jubelte er, und sank an ihre Lippen – „so will ich Dich fortan nennen und Dich so halten mein

Leben lang, und Dein Name soll das Wort sein, welches ich unsere Kinder zuerst werde lallen lassen."

– So standen sie hier die zwei edlen Seelen in dem erhabenen Wettstreite ihrer Tugend und ihrer gereinten Gefühle, werth einer schönen Vergangenheit, einzig und herrlich; zu ihnen reicht die Menschheit der Gegenwart nicht hinan.

„Komm!" sagte er, da die Sonne höher stieg und die Lerchen in der blauen Höhe oben, die Finken in der grünen Tiefe unten ihr schmetterndes Morgenlied, ihren Willkomm den Geliebten zuriefen – „komm jetzt, wir wollen die Pflicht der Dankbarkeit vorerst erfüllen – zur Base Zauberschlange: ihrer Hilfe nur verdanken wir unsre jetzige Wonne, so wie wir unsrer erprobten Tugend unsere Vereinigung danken. Und wir wollen dankbar sein, wie es die Menschen nicht sind. – Eines aber noch höre von mir" – fuhr er pathetisch fort und erklomm einen höher liegenden Steinblock, „e s i s t d o c h d a s d u n k e l s t e L o o s, M e n s c h z u s e i n! – Dies rufe ich aus mit betrübter und mit freudiger Seele. – Laß uns also Thiere sein im vollsten, reinsten Sinne des Wortes und unser Herz wird unsre Tugenden kennen und die Welt sie uns nicht rauben. – Nun aber fort an den Altar!"

Sie rauschten Arm in Arm die Anhöhe hinab – sie traten vor die Höhle – die Base saß vor ihr und sonnte sich und sah den geliebten Kindern lächelnd entgegen. Sie stürzten in ihre Umarmung. „Nun da seid ihr ja, ihr lieben bösen Kinder", keiferte Tantchen: hat es Euch recht mitgenommen, nicht wahr? Ja warum seid ihr eigensinnig: Ihr hättet es leichter haben können, wenn ihr meine L e h r e n befolgtet. Doch ists auch so gut – bin froh, daß ich Euch nur wieder habe, Ihr losen

Schwärmer. – Na – reicht Euch die Hand, ich geb' Euch hier meinen Ehesegen, schwört mir auf mein Zauberbuch und so seid Ihr Mann und Weib; denn Ihr habt's verdient. Damit Ihr aber, da Ihr von den Menschen schon so viel gelitten, nicht neuerdings in ihre Nähe kommt, so lebt von nun an hier als glückliche B e r g h ü h n e r meiner Pflege, Eurer Liebe und Euren Kindern. Und was sagt Ihr jetzt?

„Nichts als daß wir das beste Tantchen von der Welt haben", riefen die Liebenden, und sanken von neuem in ihre Umarmung.

Und so geschah es auch! Köhler, welche an diesem Abend spät in der Nähe der Höhle sich verirrt hatten, wollten ein lustiges Bankett aus der Ferne – denn Angst ließ sie nicht näher treten – belauscht haben. Auf einem Throne von glänzendem Gestein saß die Base, zu ihren Füßen das Brautpaar, Feldmaus, Kuckuk und Grille machten das Orchester; die Eule und die Eidechse, die Drossel und der Hamster, die Schnepfe und der Iltis, das Eichhorn und der Kibitz, die Krähe und der Haase führten in lustigen Reigen einen Kotillon auf. Der Dachs war am Schenktisch beschäftigt, wo allerlei Waldbeeren, Blüthen, Gräser, Früchte, Trauben etc. die Hochzeits-gäste erlabten; von den Tänzern holte einer nach dem Andern das Brautpaar und so oft sie im Walzer dahin sto-ben, brachte die jubelnde Versammlung ihr Lebehoch aus. An den Zweigen ringsum saßen symmetrisch gereiht leuchtende Glühwürmer und sandten ihr mildes, magi-sches Licht über den Platz aus. Über demselben schwärmten als Guirlandendecke bunte Schmetterlinge und Käfer umher in schönen Windungen. Die Tannen rauschten dazu melodisch ihren Grundbaß und die ferne

Quelle, wo die Nachtigall lockte, verrieth mit geschwätzigem Laut, daß in ihrer Nähe das Brautlager gerichtet sei.

So dauerte es fort, bis das Frühroth am Himmel aufzuckte und Base Schlange auf ihrem Sitze eingenickt war. Als die scheidenden Gäste nach Braut und Bräutigam forschten, sagte eine freundliche Blindschleiche aus, sie seien bereits lange verschwunden. Sie waren der lockenden Quelle gefolgt, von woher der Gott des Schweigens ein komisches „Pst – Stille" herüberhauchte. Laut lachten die Männer der Versammlung auf, die Frauen lächelten eröthend und bald auch stoben sie aus einander. Nur ein Liebespaar von Waldmäusen blieb auf der leeren Stätte zurück; es sah sich wechselseitig in das verschwimmende Auge, und der Jüngling rief begeistert: „Schwören wir hier – so zu werden wie sie." – Das Mädchen schwur und alsobald auch verschwanden sie unter einer großen, hervorstehenden Baumwurzel.

HÜHNERHAUFENKAPITEL

Erste Hälfte

CHRISTIAN SCRIVER

Das Huhn

Gotthold [*das ist Scrivers „christlicher Pilgers-mann mit Betrachtungen ausgewählter Natur-und menschlicher Phänomene"*] sahe eine Gluck=Henne mit ihren Küchlein daher ziehen / und / als er eine weile angesehen / wie sehr sie ihr Häufflein ihr ließ angelegen seyn / gerieth er darüber in folgende Betrachtung: Es wird / sprach er bey ihm selbst / von wenigen erkannt / wieviel Wohlthaten der milde Schöpffer aller Dinge / uns an diesem einigen Vogel erwiesen und verliehen hat: Wir haben an demselben eine niedliche und schmackhaffte Speise / massen denn [*weil, da*] ein junges Huhn vielem andern Fleisch vorgezogen wird. Es leget uns die Eyer / welche / ohne einige Widerrede / vor Junge und Alte / vor Krancke und Gesunde dienen / und damit wir ihrer nicht leicht Mangel haben möchten / hat GOTT das Huhn mit sonderlicher Fruchtbarkeit begabet / daß es etliche Monat nach einander fast alle Tage legen muß. Die Gluck=Henne ist von unserm Erlöser gewürdiget / sein Bild zu seyn / massen er sagt / er habe das ungehorsame Jerusalem offt wollen versammlen / wie eine Henne ihre Küchlein unter ihre Flügel sammlet (Matth. XXIII,37) und ist fürwahr an ihr zu sehen ein rechtes Wunder der natürlichen Liebe / weil sie / also zu reden / ihrer Natur Gewalt thut / ihre Stimme ändert / an der Erden / wider ihre Gewohnheit / sich setzet / auffs fleißigste scharret / und wenn sie ein Körnlein oder Wümlein gefunden hat / es unter ihre Küchlein theilet / dieselbe mit ihren Flügeln decket / wider die schädliche feindliche

Thier / sie fast über Vermögen schützet / und allerley Beschwer und Ungelegenheit ihren halber gantz willig vor lieb nimmt.

Der Hahn ist als eine lebendige Uhr / ein Wetter=Prophet / ein Wächter / der den Tag anmeldet / und die Menschen zur Arbeit wecket und auffmuntert / der auch / wie aus der Geschicht vom Fall des heiligen Apostels Petri bewust / uns mit seinem Geschrey / der Buß und Besserung unsers Lebens erinnern kan. HErr / mein GOTT / deiner Wohlthaten sind sehr viel / der Hertzen aber sind wenig / die ihr achten / die dir dafür dancken; Ich will mir festiglich einbilden / so offt ich bey Tag oder Nacht einen Hahn schreyen höre / daß er ruffe: Lobe GOtt den HERRN; so oft ich ein Huhn ansehe / will ich / mein HErr JESU / deiner Güte und Treue mich erinnern / und in allen Begebenheiten unter deinen Gnaden=Flügeln Zuflucht haben; wer will mir denn schaden können?

(1629-1693; 1663 / 71)

JOHANN HEINRICH VOSS

Auf unsern Haushahn

An diesem Baume ruht
Der Haushahn treu und gut.
Er führt' ins achte Jahr
Der lieben Frauen Schaar.
Als wackrer Ehemann,
Rührt' er kein Krümchen an,
Was wir ihm vorgebrockt,
Bis er die Fraun gelockt.
Nun strozet er nicht mehr
Im Hofe stolz umher,
Und jagt aus seinem Ort
Des Nachbars Hüner [*sic!*] fort.
Nun schüzt er nicht vor Graun
In Sturm und Nacht die Fraun.
Nun wecket uns nicht früh
Sein helles Kikeriki.
Vor Alter blind und taub,
Sank er zulezt in Staub.
Sein Kamm, so schön und roth,
Hing nieder, bleich vom Tod.
Hier gruben wir ihn ein,
Wir Kinder, groß und klein,
Und sagten wehmutsvoll:
Du guter Hahn, schlaf wohl!

(1751-1826; 1793)

Joseph von Eichendorff

Wann der Hahn kräht

Wann der Hahn kräht auf dem Dache,
Putzt der Mond die Lampe aus,
und die Stern' ziehn von der Wache,
Gott behüte Land und Haus!

(1788-1857; 1841)

Theodor Storm

In der Frühe

Goldstrahlen schießen über's Dach,
Die Hähne krähn den Morgen wach;
Nun einer hier, nun einer dort,
So kräht es nun von Ort zu Ort.
Und in der Ferne stirbt der Klang –
Ich höre nichts, ich horche lang'.
Ihr wackern Hähne, krähet doch!
Sie schlafen immer, immer noch.

(1817-1888; 1852)

ANNETTE VON DROSTE-HÜLSHOFF

Kom Liebes Hähnchen

Kom Liebes Hähnchen kom heran
Und friß aus meinen Händen.
Nun kom du Lieber kleiner Mann
Das sie's dir nicht entwenden.

(1797-1848; 1804. In der Handschrift der Mutter überliefertes
Gedicht der sechsjährigen Dichterin.)

In heutiger Schreibweise:

Komm, liebes Hähnchen, komm heran,
Und friß aus meinen Händen,
Nun komm, du lieber kleiner Mann,
Dass sie's dir nicht entwenden.

EDUARD MÖRIKE

Auf ein Ei geschrieben

Ostern ist zwar schon vorbei,
Also dies kein Osterei;
Doch wer sagt, es sei kein Segen,
Wenn im Mai die Hasen legen?
Aus der Pfanne, aus dem Schmalz
Schmeckt ein Eilein jedenfalls,
Und kurzum, mich täts gaudieren,
Dir dies Ei zu präsentieren,
Und zugleich tät es mich kitzeln,
Dir ein Rätsel draufzukritzeln.

Die Sophisten und die Pfaffen
Stritten sich mit viel Geschrei:
Was hat Gott zuerst erschaffen,
Wohl die Henne? Wohl das Ei?

Wäre das so schwer zu lösen?
Erstlich ward ein Ei erdacht:
Doch weil noch kein Huhn gewesen,
Schatz, so hats der Has gebracht.

(1804-1875; 1847)

117

JEREMIAS GOTTHELF

Zwei Eier in einem Tage von zwei Hühnern im Winter, selb ist ein rar Ding

Mit seiner 1847 erschienenen romanhaften „Erzählung für das Volk", so der Untertitel von „Käthi die Großmutter oder Der wahre Weg durch jede Not", brachte es der Schweizer Erzähler Jeremias Gotthelf fertig, eine alte, gottesfürchtige, arme und genügsame Frau als Heldin ins Zentrum eines literarischen Meisterwerkes zu stellen, der es an allem fehlt, „was an einer Romanfigur interessieren kann". Und das „Beiwerk, das sie begleitet, ist absichtlich auf das Allermindeste reduziert, auf einen mit ihr plappernden Enkel, zwei Hühner und ein Kartoffeläckerchen." (So Alfred Musch in seiner Einleitung zur Werkausgabe von 1949; s. das Autoren- und Quellenverzeichnis). Gotthelf respektive der Erzähler bringt in und mit dem Buch immer wieder unmissverständlich seinen „Argwohn gegen die Wurzellosigkeit städtischer Zivilisation" zum Ausdruck. (Gero von Wilpert: Deutsches Dichterlexikon, Stuttgart ³1988, S. 265). – Der folgende Auszug wurde dem 13. Kapitel entnommen.

Das schöne Wetter schlug . . . niemand besser an als den Hühnern, den beiden, dem schwarzen und dem weißen. Hühner sind bekanntlich etwas kuriose und sehr kapriziose Personen, akkurat wie man sie in Serails [*gemeint sind wohl die Hofdamen in S.s*] zumeist finden soll. Und je üppiger ein Serail ist, um so kurioser und kapriziöser sollen dem Vernehmen nach die

Personen werden, bald rapplicht, bald brütig [*neben*
„brütendes Huhn" auch „prächtig geschmückt"], bald
mit dem Pips behaftet, bald wassersüchtig, bald ge-
schwollen an der Leber, bald sturm im Kopfe oder gar
kaput an den Nerven, was gar bös sein soll, und akkurat
auch so gehts den Hühnern. Man hat Beispiele, daß Hühner grundschlecht Eier legen und nichts als üppig sind,
den Hafer verschmähen, den Hähnen nachstreichen, an
der Sonne liegen, dreimal im Jahre sich mausen und alles, was sie fressen und fordern, mit der größten Unver-
schämtheit an die Federn wenden und immer schöner
werden möchten, als sie von Natur werden können.
Arme Hühner, das heißt Hühner von armen Personen, die
haben es ganz anders; ach, die wissen nicht einmal, was
Hafer ist, leben glücklich bei den armütigen Brosamen
von des Herrn Tische, sind von Herzen glücklich, wenn
unser Herrgott die Sonne scheinen läßt, die Erde offen
erhält, sie Futter suchen können; sie denken nicht an die
Federn, aber sie legen prächtig. Ach, und bei Hühnern,
was kömmts doch auf die Federn an, sind nicht die Eier
die Hauptsache alleweil? Hühnerfedern – pfui! Käthis
Hühner waren traute Hühner, teilten genügsam die Ar-
mut, benutzten die Sonne draußen, waren zufrieden mit
wenigem, legten Eier, ließen nicht bloß Federn fallen.
Sie legten nicht alle Tage, sondern über den andern Tag,
wenigstens solange sie an die Sonne konnten; ja, und sieben Eier in einer Woche, wenn das Ei einen Kreuzer wert
ist oder gar fünf Eier zwei Batzen oder acht Kreuzer gel-
ten, sind für eine arme Haushaltung keine Kleinigkeit.
Wenn am Samstag Käthi ins Dorf ging mit fünf Eiern,
konnte sie vom Bäcker ein Brötchen dafür bringen oder
fast ein halb Pfund Butter und hatte doch noch zwei Eier

übrig, am Sonntag einen Eierkuchen zu machen als Festtagsspeise, ob welcher sie gar herrlich satt wurden, halb am Kuchen, halb an der Freude über die treuen Hühner, welche legten im Winter, und den guten Herrgott, welcher die Sonne dazu gab.

Freilich gab es auch trübe Tage, und Schneeflocken wimmelten vom Himmel, aber auch diese Tage gingen ihnen heiter und kurz vorbei, und das ist doch die Hauptsache an den Tagen. Doch machte Käthi den Tag so lang sie konnte. Selten war es viel über fünf Uhr, wenn sie aufstand, Licht machte und ans Rad saß, bis es tagte oder das Büebli sich rührte. Dann stellte sie das Rad beiseite, ging in die Küche, machte Feuer, wärmte Wasser, Milch, machte Kaffee. Zwischendurch kleidete sie das Bübchen an, rührte Erdäpfelstücklein in etwas Butter und Wasser um über dem Feuer, und wenn alles fertig war, frühstückten sie. Nun kamen auch die Hühner, welche im Winter unter dem warmen Ofen ihre Herberge hatten, schüttelten sich frisch, machten sich bemerklich und schauten begierig nach ihrem Anteil am Mahle. Hatte alles abgegessen, dann ward das gebrauchte Geräte gewaschen, das Bett gemacht, das Stübchen gelüftet und gekehrt; Käthi saß wieder am Rade, und neben ihr spielte Johannesli [*der Enkel*] mit Stäbchen oder Steinchen, klaubte Bohnen aus, versuchte sich am Buchstabenlernen, oder die Großmutter mußte ihm erzählen vom Teufel und dem Bölimann, von Gott und den Engeln und vom Heiland, kurz alles, was sie wußte. Käthis Wissen mehrte sich begreiflich nicht, das schadete aber ihrem Erzählen durchaus nichts, denn Johanneslis Geschmack war noch nicht so verdorben, daß er alle Tage was Neues hören wollte, sondern das Alte genügte ihm vollständig. Er hatte seine

Lieblingserzählungen, welche ihm die Großmutter nicht oft genug wiederholen konnte, und allemal, wenn er sie hörte, dünkten sie ihn schöner und ergreifender. Man täuscht sich sehr, wenn man glaubt, im Volkssinn sei das Streben, alle Tage was Neues zu haben, was Wunderlicheres, Kurioseres, Ungereimteres. Im Volkssinn, der sich auch im unverdorbenen Kinde offenbart, liegt das Gegenteil: das Volk liebt das Einförmige, Bekannte, Bleibende, und zwar in seinem ganzen Lebenskreise, in Sitten und Speisen, Büchern und Gesängen, Häusern und Bekannten, kurz in allem. Diese Eigentümlichkeit liegt in der Natur aller Kernvölker, und was Gott in die Natur gelegt, ist gut, und wer es aus der Natur tun will, frevelt. Pfropfe man einen Baum alle Jahre neu oder versetze ihn alle zwei Jahre und sehe dann zu, wie mächtig er wächst, welche Früchte er trägt, wie lange er lebt! Ein Baum, der schön, stark, fruchtbar werden soll, muß festwurzeln auf seiner Stelle, nicht immer neu gepfropft werden; in seinen Ästen und Zweigen darf man nicht herumfahren wie ein Perückenmacher oder Friseur in den Haaren einer Pariser Dame. Darum sind Leute, welche wenig mehr als ihre uralten Hausbücher lesen, gründlich viel gescheuter, wirklich gebildeter als die, welche nichts lesen als alle Tage frische Zeitungen. Würde man diese Wahrheit besser begreifen, man würde nicht am Volke herumpfuschen und -zerren ärger als Buben an einem jungen Hunde.

Oft, wenn die Großmutter am besten im Erzählen war, unterbrach sie ein Huhn mit fröhlichem Gegackel, die Nachricht verkündend, daß es glücklich ein Ei geboren. Wenn dann bald darauf ein zweites Gegackel ein zweites Ei verkündigte, dann war die Freude groß in der

Hütte, denn zwei Eier in einem Tage von zwei Hühnern
im Winter, selb ist ein rar Ding.   (1797-1854; 1847)

SÁNDOR PETŐFI

Meiner Mutter Henne

Ei Potzblitz! Frau Henne ihr
Wohnet in der Stube hier?
Schau, wie wohl es Gott gefügt,
Wie ihr in die Höhe stiegt! –

Emsig läuft sie, her und hin,
Gackert, kommts ihr in den Sinn,
Fliegt auch auf die Truhe dort,
Dennoch jagt sie Niemand fort.
Jagen? sie? Wer wagte das?
Taubenfutter ist ihr Fraß,
Hanf und Hafer ausersehn, –
Prinzen kanns nicht besser gehen.

Drum, Frau Henne, trachtet fein,
Fleißig stets und brav zu sein;
Trachtet, daß an Eiern nicht
Meiner Mutter es gebricht.

Spitz, mein Hündlein! Spitz das Ohr,
Merk was ich dir trage vor:
Bist im Haus schon manches Jahr,
Dientest treulich immerdar.

Thu auch ferner deine Pflicht,
Hühnerfleisch ersehne nicht,
Lebe mit der Henne gut, –
Meiner Mutter einzgem Gut.   (1823-1849; 1848)

THEODOR FONTANE

Der Kranich

Rauh ging der Wind, der Regen troff,
Schon war ich naß und kalt;
Ich macht' auf einem Bauernhof
Im Schutz des Zaunes Halt.

Mit abgestutzten Flügeln schritt
Ein Kranich drin umher,
Nur seine Sehnsucht trug ihn mit
Den Brüdern über's Meer;

Mit seinen Brüdern, deren Zug
Jetzt hoch in Lüften stockt,
Und deren Schrei auch ihn zum Flug
Gen Süden ruft und lockt.

Und sieh, er hat sich aufgerafft,
Es gilt ja Lenz und Glück;
Umsonst, der Schwinge fehlt die Kraft
Und ach, er sinkt zurück.

Nur Hahn und Huhn zum Schabernack
Umkrähn ihn jetzt voll Freud: –
Es jubelt stets das Hühnerpack
Bei eines Kranichs Leid.   (1891-1898; 1841)

W. S.

Huhn und Biene

Auf dem Rittergute zu *– hält die Madame sehr viel auf Hühnerzucht. Der Herr dagegen ist großer Bienenfreund. Beide pflegen ihre Lieblinge nach Möglichkeit. Der Herr erzieht seine Bienen nach der Dzierdzon'schen Methode, die Madame ihre jungen Hühnchen nach ihrer eignen, aber sicher ebenfalls sehr guten Art und Weise. Der Herr hat seinen Pfleglingen ein allerliebstes Wohnhäuschen bauen lassen; die Madame den ihrigen ein hübsches Hühnerhöfchen. Aber – o über die Aber! – der Herr hat sein Bienenhäuschen zu nahe an das Hühnerhöfchen gesetzt, und das sollte verderblich werden, – die kleinen Bienchen sahen sich dadurch genöthigt, bei ihrem Aus- und Einfluge über das Höfchen wegzufliegen. Hühner sind aber bekanntlich große Freunde von allerhand Insecten; ergo auch von Bienen. Flogen nun diese über den Hühnerbehälter hinweg und hielten sich dabei nicht in gehöriger Höhe, so wurden sie von Glucke und Küchlein weggehascht und als Delicatesse verzehrt. – Und die kleinen Dinger mußten sich das ruhig gefallen lassen, denn was konnten sie, die Kleinen, gegen die großen Hühner thun! Als aber wieder einmal eine Henne eine von ihren kleinen Nachbarinnen weghascht, stürzten plötzlich aus allen Stöcken, wie gerufen und als hätten sie schon darauf gewartet, die Bienen heraus, fielen über die jungen Hühner her (den Alten konnten sie, das wußten sie recht wohl, der dicken Federdecke halber nichts anhaben) und fingen an, sie mit ihrem Stachel zu tractiren. Die Hühner erhoben ein erbärmliches Geschrei und lockten dadurch ihre Wärterin herzu, welche, als sie die Bescheerung sah, ebenfalls nichts Anderes zu thun im Stande war, als auch ein Geschrei zu erheben, wodurch noch andere Leute herbeigelockt wurden. Man wollte nun den bedrängten Hühnern zu Hülfe kommen und schlug auf die Bienen los, welche aber dadurch nur noch wüthender gemacht wurden und schließlich gar auf die Leute gingen, so daß diese sich schleunigst entfernen und die Hühner ihrem Schicksal überlassen mußten. – Als endlich die Bienen den Kampfplatz verlassen hatten und man nachsehen konnte, wie es um die Besiegten stehe, fand man, daß sie erbärmlich zugerichtet waren, viele waren schon todt, viele starben an ihren Wunden im Federtopf; von 115 blieben nur noch 43 übrig.

(Vom Autor / von der Autorin sind nur die Initialen bekannt; 1864)

Caesar von Lengerke

Vom armen Hahn

Es gingen zwei Hühner spazieren,
Zwei Hühner und ein Hahn,
Er wußte zu caressiren [*schmeicheln*]
Als zärtlicher Galan.

Das erste sprach: mein Lieber,
Heut werd ich noch gefreit?
Das zweite gluckt herüber:
Du bist wohl nicht gescheidt!

Sie bissen sich seinetwegen,
Sie hackten und pickten sich nun.
Der Hahn war ganz verlegen
Und wußte nicht: was zu thun?

Die Köchin sich nicht bedenket,
Sie nimmt den Hahn beim Kopf
Und hat ihn tief versenket
In ihrem Suppentopf.

Ein Hahn ist zum Leiden geboren,
E i n Weib schon irrt den Sinn!
Z w e i Weiber, er ist verloren!
D r e i Weiber – und er ist hin!

(1803-1855; 1843)

THEODOR ZELL

Das Huhn und das Automobil*

Ein sehr scharf beobachtender Autofahrer hat seine Urteile über das Verhalten unserer Haustiere beim Zusammentreffen mit dem Kraftwagen veröffentlicht. Hiernach sind z. B. Hühner besonders dumm, klug dagegen Gänse, auch Schafe und Ziegen. Soweit mir bekannt geworden ist, haben seine Ansichten begeisterte Zustimmung gefunden und sind vielfach abgedruckt worden.

Es tut mir sehr leid, daß ich dem Herrn widersprechen muß. Aber die Gerechtigkeit gegen die Tierwelt zwingt mich, gegen die Vermenschlichung unserer Urteile über Tiere Einspruch zu erheben.

[. . .]

Schlimm kommen die Hühner fort:

„Mit den Hühnern haben wir am öftesten zu tun; sie kann nur der Zufall vor dem Automobil retten. Die Hühner sind kopflos, und nicht mit Unrecht sagt man von einem Menschen, der nicht besonders viel Verstand hat, er habe ein Hühnergehirn. Sie bevölkern oft in großen Mengen die Straße, wo sie entschieden Heimatsrecht genießen; sie treffen nur ungern Anstalten, auszuweichen. Erst wenn das Automobil in ihre unmittelbare Nähe kommt, ergreifen sie panikartig die Flucht, aber nicht nach rechts und links, sondern immer in der Fahrtrichtung. Steht ein Huhn rechts vom Automobil, so kann man sicher sein, daß es zehn Meter vor dem Wagen noch schnell die Straße überquert, um sich auf die linke Seite zu retten. Der Hahn ist seinen Frauen an Berechnung entschieden überlegen. Er wartet das Heranrollen des Automobils in stolzer Haltung ab, um dann langsamen Schrittes die Fahrbahn freizugeben, aber immer noch zur rechten Zeit. Er läßt sich nicht aus der Ruhe bringen."

Das Urteil unseres Autofahrers über das Hühnergehirn müßte ihn eigentlich selbst stutzig machen. So verschieden kann doch die Natur die Gaben nicht verteilt haben, daß die Weibchen einer Tierart dumm, die Männchen klug sind. Auch der Hahn hat doch ein Hühnergehirn.

Daß er nicht wie die Hennen kopflos über den Damm flüchtet, liegt daran, daß er sich als Schützer seiner Damen fühlt. Er weiß aus Erfahrung, daß ihm in unserem Vaterlande außer bissigen Hunden so leicht niemand etwas tut. Deshalb ist er direkt dreist geworden.

Wildhühner fliegen bei Gefahr in den Schutz hoher Bäume. Das haben unsere Hühner verlernt, deshalb bleibt ihnen bei Gefahr nur die Flucht nach ihrem Hof. Sind sie über den Damm gelaufen, so müssen sie natürlich wieder zurück. Die rasende Schnelligkeit des Autos richtig einzuschätzen, ist von einem geängstigten Tier zu viel verlangt.

Eine Glucke mit Küken würde wahrscheinlich nicht kopflos über die Landstraße flüchten, da sie mutig den Kampf mit dem größten Hund aufnimmt. Schon hieraus geht hervor, daß das Verhalten der Hühner mit Dummheit nichts zu tun hat.

(1862-1924; 1919)

Hans Leifhelm

Hahnenschrei

Hahnenschrei ruft mich auf in der Nacht,
Hahnenschrei weckt das Herz in der Nacht,
Führt zurück mich aus Schlaf und aus Traum,
Führt zurück mich in Zeit und in Raum.
Da ich tief schon versank gen den Grund,
Da erreicht, da erweckt mich der Mund,
Und bevor es mich faßt, ist's vorbei,
Gellend ruft mich zurück Hahnenschrei.

Wieder bin ich gewandt zu dem Licht,
Und die Hand, die da greift, zittert nicht,
Und der Blick, der da geht fest und steil,
Zielt hinein in die Welt wie ein Pfeil.
Welt ist Rausch und ist Spiel und ist Sinn,
Und ich weiß, daß ich bin, der ich bin,
Und ich häng wieder froh an dem Schein,
Schau das Licht, eß das Brot, trink den Wein.
O du Lust, o du Leid dieser Welt,
O du Mensch, o du Kind, o du Held,
Graues Meer, Flut im Wind, blankes Schiff,
Urgebirg, hell im Glanz, bleiches Riff.

Doch bevor ich es faß mit der Hand,
Kommt zu mir dieser Schrei über Land,
Übers Schiff weht der Schrei her von Luv,
Immerdar, ferneher, kommt der Ruf.
Sind wir blind und verirrt allzumal?

Weiter gibt Schiff zu Schiff das Signal,
Steppenwärts, wälderwärts, bis zur Bai,
Panisch kreist um die Welt Hahnenschrei.

(1891-1947; 1916)

CHRISTIAN MORGENSTERN

Das Huhn

In der Bahnhofhalle, nicht für es gebaut,
geht ein Huhn
hin und her . . .
Wo, wo ist der Herr Stationsvorsteh'r?
Wird dem Huhn
man nichts tun?
Hoffen wir es! Sagen wir es laut:
daß ihm unsre Sympathie gehört,
selbst an dieser Stätte, wo es – „stört"!

(1871-1914; 1905)

ERICH MÜHSAM

Disput

Es kräht der Hahn auf seinem Mist.
Als Kanzelredner wirkt der Christ.
Auch äußert sich der Atheist.

Der Prediger betet früh und spät.
Der andre glaubt ihm nicht und schmäht.
Der Hahn steht auf dem Mist und kräht.

Der fromme Christ führt Gott im Mund,
der Atheist den Schweinehund.
Vom Mist der Hahn kräht Stund um Stund.

Der Christ hat einen Fluch getan.
Der Atheist denkt: Zahn um Zahn! . . .
Ich halt es mit dem Gockelhahn.

(1878-1934; 1914)

Zwischenkapitel:
Weltkriegshühner

ALFRED RICHARD MEYER

Die deutschen Hühner im Kriegsjahr 1915

Es ist was los!
Was ist es blos?
Gibt es plötzlich kein Futter mehr?
Man bekümmert sich um uns so sehr .
Männer und Frauen reiben die Hände
Und sprechen von möglichster Durchhaltung der
          Zuchtbestände.
Sie machen Verbeugung über Verbeugung
Vor uns'rer täglichen Eiererzeugung.
Von genügender Nachzucht spricht Onkel und Tante
Und von der Hühnererhaltung sehr wünschenswertem
          Status quo ante;
An Eiern mangelte es gar bald ungeheuer
Und erst im Winter würden sie teuer!
Bei den Landwirtschaftskammern laufen Schreiben
          auf Schreiben ein:
Wir sollten fleißiger sein!
Die Kommunalverbände haben Auftrag, die Futtermit-
          tel für uns zu verteilen.
In Antiqua und in Fraktur reihen sich Zeilen an Zeilen
Von wegen Geflügelzucht und Erhaltung der Stämme.
Man ist in der Klemme!
Unsere Völker müssen trotz englischer Hinterlist blei-
          ben.
Jeder Hahn soll sich hundertfältig beweiben.
Wir stehen ganz plötzlich im Mittelpunkt der Welt.
Man fährt uns in Equipagen auf's Stoppelfeld.

So ist es richtig!
Jeder Wurm ist für uns wichtig.
Jede verlorene wenn noch so kleine Ähre werden
                                                    wir seh'n.
Wir wollen und werden nicht untergeh'n.
Wir trotzen allen feindlichen Schreiern.
Wir lassen Deutschland nicht enteiern.

(1882-1956; 1915/16)

WALDEMAR BONSELS

Das Huhn im Schützengraben*

Die nachstehende, ans Wunderbare grenzende Geschichte erzählt auf Grund zuverlässiger Mitteilungen deutscher Offiziere Kriegsberichterstatter W. Bonsels[1] im „Reichsboten":

In dem hartnäckigen und blutigen Stellungskriege nach der Eroberung des Zwinin, und zwar zur Zeit der erbitterten Kämpfe auf der Höhe von Myta, meldete eine preußische Patrouille, daß nahe bei einem verlassenen Dorf, in einer Kartoffelmiete, auf freiem Felde, ein durch einen Oberschenkelschuß schwer verwundeter Soldat liege. Es war der Vizefeldwebel E. Das leere Feld mit jenem notdürftigen Unterschlupf für den Verwundeten erstreckte sich zwischen den deutschen und russischen Stellungen, so daß schon am nächsten Morgen nicht mehr daran zu denken war, dem Bedrängten Hilfe irgend einer Art zu bringen. Er war aus russischer Gefangenschaft mühsam entkommen, jedoch nächtlicherweile auf halbem Wege, von Blutverlust, Hunger und Durst entkräftet, zusammengebrochen und hatte sich, halb ohnmächtig, in dem niedrigen, kaum überdachten Feldbau verkrochen.

Die Nähe der feindlichen Truppen und seine zunehmende Ermattung versagten dem Verwundeten jede Möglichkeit, sich bemerkbar zu machen, auch war keine Hilfe von den Seinen zu erwarten, die auch inzwischen

---

[1] Während des Ersten Weltkrieges war Bonsels Kriegsberichterstatter in Galizien und im Baltikum.

ihre Stellungen verändert hatten. So schloß er in seiner ersten Leidensnacht in einem einsamen Versteck mit Leben und Heimat und irdischer Liebe für immer ab und sah die Morgendämmerung ohne Hoffnung in Gemeinschaft mit der Gestalt des Todes hereinbrechen. Aber mit dem heraufsteigenden Tageslicht erblickte er, dem Verhungern nahe, auf dem Felde in seiner Nähe ein weißes Huhn, das, ohne sich zu eilen, im gemächlichen Morgenwohlstand seiner gewohnten Lebensweise auf den mit Kartoffelkraut und altem Stroh angefüllten Schlupfwinkel zuspazierte. Es machte es sich in einem Winkel sorglos bequem, verbrachte seine Hennenzeit in diesem Feldnest und ließ ein schimmerndes Ei zurück, als es seinen Weg in die Umgebung fortsetzte.

Sieben Tage und sieben Nächte hat der verwundete Mann, grausig gebettet, zwischen Tod und Leben in diesem Versteck zugebracht, und Morgen für Morgen ist das Huhn gekommen, um ihm sein Leben für den hereinbrechenden Tag zu bringen. Jeden Tag nahm er mit zitternder Hand und nach qualvollen Stunden der Erwartung, des Zweifels und der Todesangst das Ei, das ihm der unschuldige und unwissende Sendbote neben sein Schmerzenslager legte. Die strahlende Gestalt eines himmlischen Engels hätte seinen Qualen und seiner Hoffnung keine größere Linderung verheißen können als das kleine Tier, das, wie von der heimlichen Güte einer barmherzigen Allmacht gesandt, täglich das höchste Gut, sein Dasein, erneuerte.

Als sich nach sieben Tagen die Möglichkeit ergab, nach dem Verlorenen Ausschau zu halten, und die Kameraden sich seiner erinnerten, um den Totgeglaubten zu bestatten, fand man ihn atmend, wenn auch in bedenklich trübem Zustand, aber sein Leben ist erhalten geblieben. Die letzte Äußerung in seiner schwindenden Besinnung war die Bitte, man möchte das Huhn mitnehmen.

Der Leidende wurde am Hauptverbandplatze in Pflege genommen, und sein Zustand besserte sich von Tag zu Tag. Herr Rittmeister v. W. von einem Kürassierregiment, der als erster das rührende Wunder dieser Lebensrettung hörte, befahl das Huhn in seinen Unterstand. Dort ist es von allen, die es kennengelernt haben, hoch in Ehren gehalten worden. Es hat den Vormarsch auf Stryj [*Stadt in der heutigen Westukraine nahe Lwiw (Lemberg)*] mitgemacht, und es ist verständlich, daß das Tier von den Soldaten wie ein Heiligtum betrachtet und behütet wurde, wie ein lebendiges Zeichen dafür, daß selbst in der höchsten Not noch eine Rettung möglich sein kann. Das Huhn hat lange im Schützengraben gewohnt, sich ungeachtet der Rauheit aller Störungen den Tag über seine Nahrung in der Umgebung gesucht und ist stets mit der Abenddämmerung zu seiner Kriegsgemeinde zurückgekehrt. Die seltsame Zahmheit des Huhns erklärt sich aus der Art, wie galizische Bauern, deren Häuser gewöhnlich nur aus zwei Räumen bestehen, mit ihren Tieren zusammenleben. Bei einem Sturmangriff auf Stryj ist dann das merkwürdige Kriegshuhn auf unerklärliche Weise verschwunden.

(1880-1952; 1915 / 16)

RUDOLF GREINZ

Der Gockel. Eine Skizze

D er Gockel vom Knollenbauer sollte eigentlich
schon längst verzehrt sein. Seit mehr als einem
Jahr schon. Trotzdem lebte er immer noch.
Vielleicht, weil man sich noch nie recht über die Art seiner Zubereitung hatte entscheiden können. Vielleicht
auch, weil der alte Knollenbauer eine besondere Vor-
liebe für das Vieh hatte und sich nicht entschließen
konnte, ihm den Garaus machen zu lassen.

Schon mehrere Male war es dem Gockel nahegestan-
den. Als die beiden Buab'n vom Knollenbauer einrücken
mußten in den großen Krieg, da sollte der Gockel als ein
Abschiedsbraten aufgetischt werden. Der alte Knollenbauer ließ es jedoch nicht zu. Ein anderes Bratele täte es
auch, meinte er.

So blieb der Gockel am Leben, wurde älter und zäher.
Die Lies, eine entfernte Basl, die dem Bauer nach dem
Tod seines Weibes die Wirtschaft führte, hatte schon
mehrfache Vorschläge wegen dem Gockel gemacht. Einmal war sie für das Sieden, das andere Mal für das Beizen
und dann gar dafür, den Gockel recht knusprig in Butter
herauszubacken. Der alte Knollenbauer konnte sich aber
mit keiner Art befreunden.

Den Gockel berührte das weiter nicht. Er ließ alle
diese Pläne mit philosophischem Gleichmut über sich er-
gehen. Er duldete auch verschiedene damit verbundene
Untersuchungen, die an seinem Körper vorgenommen

138

wurden, um festzustellen, ob er wohl recht „foast" sei oder ob er am Ende gar magerer geworden wäre.

Geraume Zeit hatte der Gockel jetzt überhaupt seine Ruhe gehabt, nachdem er als Kriegsbratel nicht geschlachtet worden war und nachdem auch die andern Anschläge auf sein Leben von dem alten Knollenbauern abgewiesen worden waren. Als der Krieg aber schon übers Jahr gedauert hatte, meinte die Lies in der Adventszeit doch endlich, wie es wäre, wenn sie dem Bauen den Gockel auf den Christtag richten würde. Eingemacht und mit Polenta.

„Er wird sonst zu zach, daß er völlig nimmer zu beißen ist!" sagte die Lies in ihrer mürrischen Weise.

„Laß du den Gockel mit Fried'! versetzte der alte Knollenbauer. „Zach hin oder zach her! Die alten Weiber werden aa zach! Und dös wia!"

„Bauer, daß du dö schiachen Reden gar nit lassen kannst!" keifte die Lies beleidigt.

„I red', wia i mag!" stellte der Knollenbauer fest und ging aus der Stub'n in den Stall, um nach dem Vieh zu sehen.

Es war recht einsam geworden auf dem Knollenhof. Besonders lebhaft war es da ja nie hergegangen. Wie es halt auf einem Einödhof ist.

Weit drinnen im Brandenberger Tal und hoch droben am Berg lag der Knollenhof. Fünf Kinder hatte der Knollenbauer, und kein einziges war mehr daheim. Die drei Madeln hatten geheiratet, und die beiden Buab'n waren dem Rufe des Kaisers gefolgt. Auch der Knecht beim Knollenbauer hatte vor ein paar Monaten zum Landsturm einrücken müssen.

Einen neuen Knecht wollte sich der Knollenbauer nicht mehr anstellen. Mit einem alten Kracher war ihm nicht geholfen, meinte er. Und jüngere waren keine mehr um die Wege, höchstens bresthafte [*kränkliche*], und die konnte er auch nicht brauchen. So beschloß der Knollenbauer, alles mit der Lies allein zu schaffen. Es gab saure Arbeit, aber es mußte eben gehen.

Der Knollenbauer war trotz seiner vorgerückten Jahre noch gut beim Zeug. Breitschultrig, knochig, untersetzt und kurzstotzig, mit einem Glatzkopf und das Gesicht voll grauer Bartstoppeln. Und die Lies, die war auch eine „Zache". Umsonst hatte sie den Bauer nicht mit dem Gockel in einen wenig schmeichelhaften Vergleich gebracht. Zaundürr war die Lies und hager und nicht besonders groß. Aber arbeiten konnte sie für zwei. Schimpfte wohl dabei. Das beirrte den Bauer jedoch wenig. Wenn die Arbeit nur geschah.

So kamen die beiden alten Leut' auf dem Hof ganz gut miteinander zu fahren. Der Bauer hätte sich kein anderes Leben gewünscht, wenn die Sorge um die beiden Buab'n nicht gewesen wäre, von denen er oft recht lange nichts hörte. Mit Gottes Hilfe war es aber immer noch gegangen, und war den beiden Buab'n vom Knollenbauer nichts Schlimmes widerfahren.

Da war der Bauer dem Herrgott schon recht dankbar dafür. Und wenn der Krieg bald aus würde und die Buab'n wieder heimkämen, dann könnte man vielleicht doch einmal den Gockel braten, hatte der Bauer schon manchmal bei sich überlegt. Die Lies hatte dann allerdings in ihrer boshaften Weise gemeint, mit dem zachen Gockel könnte der Bauer am Ende gar die Buab'n vom Hof vertreiben, daß die vielleicht lieber wieder in den

Krieg zögen, als sich an dem alten „Mistkratzer" die Zähne auszubeißen.

So war es Weihnachten geworden, und der Gockel krähte noch immer am Knollenhof. Ein bissel heiser war es in der letzten Zeit geworden. Wenigstens erschien es dem Knollenbauer so. Aber daran mochte wohl der strenge Winter schuld sein.

Der Weihnachtsabend war herangekommen. In der Nacht machte sich der alte Knollenbauer auf den Weg nach Brandenberg zur Christmette. Die Lies mußte dableiben, um den Hof zu hüten.

[*Schon während des Heiligabend-Kriegsgottesdienstes, der nur von Frauen und alten Männern besucht ist, und auf dem Heimweg reift im Bauern der Entschluss, sich trotz seines Alters als Kriegsfreiwilliger zu melden, denn „mit'm Predigen wird koa Fried nit' auf Erden . . . wird koa Fried' nit . . ."*] [. . .]

Der Hof würde nicht zugrunde gehen. Und dann würde ja der Friede auf Erden eher kommen, wenn mehr in den Krieg zögen, daß man den wallischen Tuifeln und den andern Höllsakras gehörig an die Gurgel fahren konnte. Was aber aus dem Gockel werden sollte, fiel da auf einmal dem Bauern ein. Ob er doch nicht gar zu alt und zu zach würde, bis der Knollenbauer den Frieden auf Erden fertig erkämpft hätte?

Der Gockel ging ihm nun, wie er so schlaflos unter seiner warmen Tuchent lag, gar nicht mehr aus dem Kopf. Am Ende schlachteten sie den Gockel doch, wenn er nicht mehr daheim war – und fraßen ihn auf, die Lies und das Knechtel.

Den Bauern erfaßte plötzlich ein gewaltiger Geiz und Neid wegen des Gockels. Denn schließlich hatte ihn der

Gockelbraten doch schon öfters gewaltig angesehen, und waren alle die verschiedenen Vorschläge zur Zubereitung des Gockels nicht spurlos an ihm vorübergegangen. Jetzt, da er sich mit dem Plane trug, auch für den Frieden kämpfen zu gehen, begann ihm auf einmal der Mund nach dem Gockel zu wässern. – –

Der kalte Morgen des Christtages dämmerte zu dem kleinen und vergitterten Kammerfenster herein, als der Knollenbauer sich notdürftig anzog, die hölzernen Stallschuhe über die nackten Füße streifte und mit einem verbissenen Gesicht nach dem Stall wanderte. Er war nun fest entschlossen, sich den Gockel zum Christtag braten zu lassen, wenn er schon doch davon sollte. Denn der Lies und dem Knechtel gönnte er ihn nicht. Die hätten den Bauer höchstens hinter seinem Rücken ausgelacht.

Ging in den Stall, der Knollenbauer. Mit einem raschen Griff hatte er den wild flatternden Gockel aus der Steige gezerrt. Mit einem zweiten Griff packte er ein scharfgeschliffenes Beil, legte den Gockel über den Hackstock und hieb ihm blitzschnell den Kopf ab. So . . . jetzt sollten ihn die Lies und das Knechtel nur fressen!

Hatte noch nicht einmal ein Knechtel und war ihm doch um den Gockel neidig.

Also leitete der alte Knollenbauer am Christmorgen den Frieden auf Erden ein. –

Als die Lies aufgestanden war, um die Brennsupp'n zu kochen, da brachte ihr der Bauer den toten Gockel in die Kuchel.

„Jessas, der Bauer ist narrisch worden!" zeterte die Lies und sah mit entsetzten Blicken auf den Knollenbauer.

„Bist schon d u narrisch!" knurrte der Bauer. So, den Gockel tuast mir jatz heut auf Mittag braten zu an guat'n Abschied und damit a Fried' wird auf Erden!"

Als der Bauer seiner alten Haushälterin erklärte, daß er jetzt auch in den Krieg ziehen, zuvor aber den Gockel essen wolle, weil er ihn niemand anderem vergönne, da glaubte die Lies erst recht, daß der Bauer ein Radel zuviel im Oberstübel habe und begann heimlich für ihn zu beten.

Deswegen richtete sie den Gockel aber doch recht schmackvoll her, mit einer schmalzigen Brühe und mit Wassernocken dazu. Denn vom Polenta wollte der Bauer nichts mehr wissen. Das sei „a wallische Kost, a verhöltuifelte".

Ließ sich den Gockel weidlich schmecken, der alte Knollenbauer. Trank auch „a Lackele Wein" dazu, das er noch im Keller hatte. Dann machte er sich am späten Nachmittag auf den Weg, um mit in den Krieg zu ziehen, hatte einen schweren Rucksack aufgepackt und einen alten Vorderlader umgehangen, der noch von Großvaters Zeiten im Hause war.

Die Lies nötigte dem Bauern einen Rosenkranz, ein geweihtes Amulett und eine große Flasche Enzianschnaps auf, damit für Leib und Seele gesorgt sei. Dann nahm sie heulend von ihm Abschied. Im Grunde ihrer Seele war sie doch fest davon überzeugt, daß der Bauer verruckt worden sei. Alles wegen dem verflixten Krieg. Was der noch alles anstiftete! . . .

Die schönsten Federn vom Gockel hatte sich der Knollenbauer auf den Hut gesteckt, und die wackelten nun recht keck im Winde, während der Bauer von seinem Hofe zu Tal stieg. Noch lange sah die alte Lies die

Gockelfedern wackeln, als der Bauer auf dem steilen Bergsteig schon verschwunden war. – –

Blieb nicht lange aus, der Knollenbauer. Am dritten Tag nach seinem Abschied war er wieder daheim auf seinem Hofe.

Sie wollten ihn nicht mitkämpfen lassen um den Frieden auf Erden trotz schneidiger Gockelfedern und trotz Vorderlader. Schön gedankt hatten sie ihm und gelobt hatten sie ihn und hatten ihm gesagt, daß man seinen Patriotismus wohl zu schätzen wisse, aber mit dem „gut bei Zeug sein", da habe es halt doch einen Haken. Und wenn er schon seine beiden Söhne im Felde habe, so möge er doch gescheiter auf seinem Hofe bleiben und ihn bewirtschaften. Das sei auch ein Kampf für den Frieden auf Erden, der Kampf der Daheimgebliebenen, die die Scholle zu hüten hätten, auf daß sie wieder Frucht trüge. Abgeklopft und abgehorcht hatten sie ihn und ihm schließlich erklärt, daß er zum Dienst mit der Waffe nicht mehr tauglich wäre. Recht schön hätten sie mit ihr geredet. Das mußte der Knollenbauer schon sagen.

Die Lies jedoch stellte fest, daß noch nicht alle Menschen auf Erden so verruckt seien wie der Bauer. Am Knollenhof hatte aber der Frieden auf Erden gerade um Weihnachten, wo er am eindringlichsten gepredigt wird, doch ein blutiges Opfer gefordert. Und das war der Gockel.

(1866-1942; 1918)

KATARINA BOTSKY

Die Ziege und das Huhn

Eingekapselt zwischen dem Turnhäuschen, einer kleinen Wandelhalle und hohen, grünen Zäunen lag der wogende Fleck, den die lyrische alte Schulvorsteherin ihren „botanischen Garten" nannte. Liebevoll betrachtete sie ihn von der dritten Stockwerkhöhe ihres Studier- und Schlafzimmerfensters. Er wogte; denn es schüttelte ihn ein kräftiger Frühlingssturm. Mitten im Garten stand das Juwel desselben, ein alter Magnolienbaum, der schon blühte. Weiß und rot; lauter stengellose Tulpen, saßen die Blüten auf den wenig belaubten Ästen des Baumes. Feucht und schwer fiel eine Anzahl der Blüten herab. Die alte Dame fühlt sich unheimlich berührt, obgleich es ja nur Blüten waren, die da fielen – die da fielen. Was sie sekundenlang dabei empfand, war wie ein böses Vorgefühl. Auch schmerzte sie der Blütenfall. Nur einmal im Jahr sah sie diese Pracht. O Sturm –!

Die Bäume bogen sich in der Dämmerung unter der Peitsche der Windsbraut. Alle die kleinen „Zierblümelchen", wie die gute Vorsteherin sie nannte, mußten dabei ihre Köpfchen verlieren. Der wogende grüne Fleck, den die lyrische alte Dame etwas hochtrabend „botanischen Garten" nannte, erweckte in ihr allmählich die Vorstellung einer luftigen Totenkammer, in der weiße und rote, blaue und gelbe Blumentotenköpfchen sich häuften.

Mitten im Garten stand das Juwel desselben, der Magnolienbaum, und in einem Winkel des Gartens,

145

angeklebt am Turnhaus, duckten sich zwei Ställchen, in denen sich die beiden anderen Reichtümer der Schulvorsteherin befanden: ihre Hühner und ihre Sahnenziege [*möglicherweise Tippfehler im Original statt „Saanenziege"*]. Zwar die Hühner – hatten sich dort befunden. In einer trüben Aprilnacht, als die Bäume rauschten, als alles schlief, waren Diebe in den Hühnerstall eingedrungen, hatten der Schulvorsteherin schöne gelbe Hennen ergriffen, nebst einem Prachtexemplar von Hahn, hatten sie ergriffen und unbarmherzig entführt.

„Es ist wohl nicht zuviel gesagt, meine lieben Mädchen", sprach Fräulein Mathilde nach diesem Geschehnis zu ihren Schülerinnen, „wenn ich z. B. den ‚Raub der Sabinerinnen', mit diesem nichtswürdigen Diebstahl vergleichen, eine verzeihliche Handlung nenne. Denn" – die Schulvorsteherin strich sich erregt über ihre breiten, braungefärbten Scheitel – „leben wir in einer Zeit, in der man sich wie einst für Geld und gute Worte Ersatz verschaffen kann?! Mit nichten! Wir leben vielleicht in der grausamsten aller Weltperioden. Der große Krieg verheert die Gefilde Europas. Wie ein Moloch, meine lieben Mädchen, trinkt er das Blut unserer männlichen Jugend und verschlinget er Äcker, Vieh und alle Güter. Scheinen wir jetzt nicht alle zu träumen? Scheinen wir wicht alle böse zu träumen? Hier zupfe ich Elly, hier zupfe ich Gretchen. Kinder, wacht auf! Zupft auch mich, meine lieben Mädchen, damit ich aus diesem furchtbarsten aller Träume erwache. Aus diesem furchtbarsten aller Träume, in dem die Schubladen unserer Büfette voll artiger Kärtchen, auf denen uns die Nahrungsmittel in homöopathischen Dosen, ich sage, ‚in homöopathischen Dosen' zugewiesen werden. Und dann gebiert die Nacht noch Unholde, die – wenn alles schläft – aus den Ställen die lieben Haustiere entführen. Nichts ist mehr sicher! Nichts ist mehr heilig! Hier zupfe ich Nelly, hier zupfe ich Evchen. Kinder, wacht auf! Zupft auch mich, meine Lieben, damit ich aus diesem bösesten aller Träume erwache."

Natürlich nützte das Zupfen nichts. Die artigen Kärtchen in den Schubladen der Büfette blieben abscheuliche Wahrheit.

Eines stand bei der alten Schulspitze fest, nämlich, daß sie eine Entführung ihrer Ziege, ihrer Luise, nicht tatenlos und ergeben hinnehmen würde, wie sie den Hühnerdiebstahl hingenommen hatte. Und wenn sie an Hindenburg selber schrieb. „Meine lieben Mädchen", sprach sie zur Zeit dieses Entschlusses zu ihren Schülerinnen, indem sie sich erregt über ihre einst so kugelrund gewesenen Bäckchen fuhr. „Meine lieben Mädchen! Ein wenig hungern schadet wohl nichts, ja, es ist vielleicht sogar gesund. Oder ist es denn immer nötig, daß unsere Wangen so lieblich stehen wie die Wangen der Kirche im Hohenlied?" (Salomo besingt Sulamith. Gemeint ist natürlich die christliche Kirche. Fräulein M. hatte nie daran gezweifelt.) „Ist es denn immer nötig, daß unsere Wangen so lieblich stehen, wie die Wangen der Kirche im Hohenlied?" wiederholte sie im verdoppelten Frageton. „Mit nichten!" erklärte sie. „Doch", fuhr sie fort, „alles hat seine Grenzen. Ein Tröpfchen Milch, das darf ich wohl in meinem Alter beanspruchen. Das artige bunte Kärtchen, das mir die Milch verspricht, lügt. Es gleicht einer Münze, die hierzulande keine Gültigkeit besitzt. Aber meine Ziege lügt nicht, wie meine Hühner nicht logen, sondern Eier legten, nachdem ich sie den langen, harten Winter mühsam durchgebracht. Wie mühsam, weiß der Herr allein! Jedoch ich schwieg, als sie gestohlen wurden, weil ich mir sagte: Dir bleibt die Ziege. Darum – – " ganz rot im Gesicht sprang die lyrische alte Dame in die Höhe, die einst so kugelrund gewesene Rechte steil zum Himmel reckend, „meine lieben Mädchen!" schrie sie. „Wenn man mir dieselbe stiehlt, so findet meine Ergebenheit ein Ziel. Und wenn ich an Hindenburg, den Großen, selbst schreiben müßte!"

Fräulein Minuth, die Geschichtslehrerin der dritten Klasse, hatte eines Tages das Glück gehabt, in einem verwüsteten ostpreußischen Städtchen mit Hindenburg, dem Großen, zu sprechen. Das hatte der Schulspitze den „allmächtigen" Mann so nahe gebracht, daß sie entschlossen war, an ihn zu schreiben, sobald „die Not es gebot!" Nur sie würde keine falsche Anrede gebrauchen – „mit nichten!" – wie Fräulein Minuth es in ihrer Erregung getan hatte. Gewöhnt, beim Geschichtsunterricht viel mit Ludwig dem Vierzehnten umzugehen, hatte „diese törichte liebe Tochter" „Sire" zu ihm gesagt. „Sire", hatte sie gesagt. „Eine Ostpreußin bietet Ihnen ihren untertänigsten Gruß." Die Art der Begrüßung fand die lyrische alte Schulvorsteherin im übrigen nicht „uneben". Nur: „Wie konntest du bloß ‚Sire' sagen, liebe Tochter?! sprach sie noch jedesmal, wenn Fräulein Minuth von dem „höchsten Moment" ihres Lebens schwärmte. „Wer zuletzt lacht, lacht am besten", dachte die gekränkte Lehrerin.

Als der Hühnerdiebstahl ruchbar geworden war, hatte man Fräulein Mathilde Hühner zum Kauf angeboten. Natürlich waren es keine Legehühner. Wer verkauft die heute? Dennoch fiel die leichtgläubige alte Dame auf ein braunbuntes Huhn herein, weil sie, es erblickend, einer inneren Stimme Gehör schenkte, die ihr den Erwerb des Huhnes anriet. Bald stellte es ich heraus, daß das „liebe Tier" nur alle vierzehn Tage einmal legte, dafür besaß es indessen die Gabe des Redens. Wenn man zu ihm sprach, gab es beständig in „seinem Idiom" Antwort. Das Hühneridiom war nur arm, doch genügte es, um das lyrische Herz der guten alten Schulvorsteherin zu gewinnen. Die zärtliche alte Dame hatte sich nicht entschließen können, „das liebe Tier" zur Nacht in den öden und unsicheren Hühnerstall sperren zu lassen. Aber wohin mit dem Huhn?! Fräulein Mathildes Wirtschafterin hatte eine Idee. Sie machte dem Huhn in einem Kokskorb ein Nest und setzte Korb nebst Huhn zur Nacht in einen kleinen Raum, gar nicht weit von Fräulein Mathildes Schlafzimmer. Dort war es durchaus sicher. Wenn nun die alte Dame am Abend den kleinen Raum betrat, so erblühte ihr dort jedesmal eine ganz allerliebste Unterhaltung.

„Na, Hühnchen", hörte man sie alsdann in diskretem Ton hinter der kleinen Tür sprechen, „hat man heute ein Gackeleichen gelegt? . . . Nein! Wird man morgen eins legen? . . . Ich hoffe es!" Das Huhn erwiderte: „Kokoko-kokoa . . . futfutfut –", und zwar in den verschiedensten Tonlagen, die je länger, je lieblicher klangen. Und die gute alte Dame imitierte im Kinderton: „Kokokokokoa – – futfutfut – –" Es war ein Idyll in dem kleinen Raum.

Die Bäume bogen sich unter der Peitsche des Abendwinds. Alle die kleinen Zierblümelchen im „botanischen Garten" drohten die Köpfchen zu verlieren. Die fromme alte Schulspitze stand am Fenster, die Blicke auf den Magnolienbaum, und überlegte, ob es wohl erlaubt sei, für eine Ziege oder ein Huhn zu beten. Kleinmütig gelangte sie zu dem Resultat, daß der Herr es als Albernheit auffassen könne, wenn sie etwa betete: „Nimm meine Ziege in deine treue Hirtenhut und laß auch des Hühnchens nicht ganz vergessen sein."

(1879-1945; 1918. B. kam vermutlich bei der Einnahme Königsbergs durch die Rote Armee im Frühjahr 1945 um.)

FRANZ LIEBL

Die Hühner

Nur zweimal hat sie von ihnen gesprochen. Die gleichen Worte. Sie will Unabänderliches ändern. Oder Ungewisses klären.

Sie hatte den Bericht einer Nachbarin angehört. Schweigend. Die hatte als erste einen Besuch[2] gewagt. Die besaß ein großes Anwesen. Deshalb war ihr Hof schon seit Monaten besetzt gewesen, ehe sie dann alle fort mußten. Sie aber besaßen nur eine Ziege im Stall. Das Haus war klein und alt. Es hatte nur zwei Räume und die Bodenkammer. Es ist jetzt auch bewohnt, sagte die Nachbarin. Als sie fort mußten, war es noch nicht besetzt gewesen. Sie war damals allein. Er war noch im Arbeitslager. Er kam erst spät raus. Heim durfte er nicht mehr.

Sie hat vorher noch schnell die Ziege in den Grasgarten gelassen. Das sagte sie damals zur Nachbarin. Dann fragte sie nach dem Haus, dem Stall. Dies und das. Wie von einer Schuld erzählte sie dann von den Hühnern. Die Nachbarin lachte.

Er hat das bisher nicht gewußt. Er hat es auch bald wieder vergessen.

Ein paar Jahre später besuchte sie dann sein Schulfreund. Er hatte Aufnahmen gemacht. In Farbe. Kirche, Dorfweiher, die alte Ulme am Anger, den Bach mit der

---

[2] Historischer Hintergrund dieser Geschichte sind Flucht und Vertreibung der Sudetendeutschen am Ende des Zweiten Weltkrieges und die ab den 1970er-Jahren einsetzende Welle der Wiedersehensfahrten in die alte Heimat.

Steinbrücke, mehrere Häuser. Vieles sah jetzt ganz anders aus. Manches war verfallen. Oder einfach weggerissen.

Ihr Haus stand noch. Der Freund hatte es fotografiert – mit den Kindern, die davor spielten. Denen hatte er Orangen geschenkt. Ihnen schenkte er das Bild. Sie freuten sich. Sie fragte wieder nach dem Stall. Nach dem Garten. Dann schwieg sie. Aber nach einer Weile sprach sie von der Ziege. Und dann wieder von den Hühnern. Der Schulfreund nur den Kopf geschüttelt.

Er hat auch damals die Sache bald vergessen. Es wird einem nichts geschenkt im Beruf und auch sonst im Leben. Da denkt man nicht an Dinge, die Jahrzehnte her sind. Sie ist freilich die letzte Zeit viel allein gewesen. Sie hat schon die Rente. Die Augen machten nicht mehr mit. Sie war ja auch sieben Jahre älter.

Er hatte sich manchmal Vorwürfe gemacht. Mit ihrer Stickerei und Näherei hatte sie ihm die Fachschule in der Stadt ermöglicht. Die Eltern konnten wenig zuschießen. Weil wenigstens die das alles nicht mehr erleben mußten, sagte sie manchmal.

Sie haben sich kein Haus mehr gebaut.

Jetzt ist auch sie gegangen. Sie waren nur zu zweit. jetzt ist er allein. In ein paar Jahren bekommt auch er die Rente.

An den Abenden hat er jetzt viel Zeit. Er denkt zurück. Er schreibt manches auf. Er weiß nicht, für wen er das aufschreibt. Aber er will festhalten, nur durch das Aufschreiben festhalten, was längst vergangen ist. Er schreibt nicht planvoll. Es kommen Bilder. Erinnerungen. Das schreibt er dann auf. Fast jeden Abend.

Weit herum wohnt niemand aus seinem Dorf. Sie sind in alle Winde zerstreut worden – wie verscheuchte Hühner.

Heute muß er an ihre Hühner denken.

Der Mann hatte ein Gewehr. Er trieb zur Eile an. Das wenige erlaubte Gepäck stand längst an der Haustür. Man hatte es durchsucht. Man warf die kleine Truhe auf den Wagen. Den Sack hinterher. Da fiel ihr die Ziege ein. Und dann wollte sie noch einmal in das Haus. Das Elternbild von der Wand nehmen. Oder das Kreuz. Oder das Myrtenstöckl. Oder sonst was. Da schrie der Mann mit dem Gewehr. Da ist sie gelaufen. Hat nicht einmal die Haustür mehr zumachen können.

Im Waggon ist es ihr dann eingefallen. Sie hat die Hühner nicht rausgelassen. In der Aufregung. Mitten in der Nacht ist es ihr eingefallen. Im Waggon erst. Es hat niemand geschlafen. Es hat nur selten jemand geredet. Und sie hat auch nichts gesagt. Die Ziege haben sie sicher bald eingefangen. Irgendwelche. So sagte sie damals zur Nachbarin. Dann auch zu seinem Schulfreund. Aber die Hühner. Sie hatten ihre Steige im Hausgang unter der Bodenstiege. Abends kamen sie von selber herein. Die Haustür stand ja offen. In der Frühe war es immer das erste, daß sie die Hühner rausließ.

Sie werden schon unruhig geworden sein. Sie werden sie schon gehört haben. Vielleicht der mit dem Gewehr. Dann sind sie sicher vor Schreck nach allen Seiten auseinander gerannt.

In der letzten Stunde war er bei ihr. Sie konnte nicht mehr reden. Manchmal hat sie noch die Zunge kraftlos bewegt. Ob er verstanden hat, was sie wollte, weiß er nicht recht.

Heute mußte er an ihre Hühner denken.

Im nächsten Frühjahr wird er in das Dorf fahren. Ja –
jetzt wird auch er fahren. Das kann man jetzt. Seit Jahren
kann man das. Die Leute dort kennen ihn nicht. Er kam
ja vom Lager aus nicht mehr heim. Er möchte auch nicht
heim, um zu sehen, was noch von dem blieb, was einmal
ihr ein und alles war.

Aber er wird die Leute, die jetzt dort wohnen, fragen.
Nach den Hühnern. Es muß sich doch noch jemand daran
erinnern.

Und er wird Orangen mitnehmen.

(1923-2002; 1986)

HÜHNERHAUFENKAPITEL

Zweite Hälfte

MICHAIL BULGAKOW

Die Hühnerseuche[*]

Der russische Schriftsteller Michail Bulgakow (1891-1940), Autor des Weltbestsellers „Der Meister und Margarita", postum erschienen 1966, platzierte 1925 ins Zentrum seiner satirisch-grotesken Erzählung „Das Verhängnis" (auch unter dem Titel „Die verhängnisvollen Eier" bekannt) ein mysteriöses Hühnersterben. Das unerklärliche Verenden der Tiere in der fiktiven Geschichte geht auf realhistorischer Ebene einher mit der bolschewistischen Weltenwende von 1917, die nicht nur von Menschenverachtung und Terror gekennzeichnet war, sondern auch von irrwitzigen und grotesken Doktrin der neuen Machthaber auf dem Gebiet der experimentellen pseudowissenschaftlichen Forschung.

In unserem Fall ‚entdeckt' ein Zoologieprofessor 1928 bei seinen ‚Forschungen' einen roten (!) Strahl. Diese abstruse, vermeintlich revolutionär lebensfördernde Entdeckung gebiert ausschließlich Pleiten, Pech und Tragik. Eingewoben in die Serie von menschlichen und bürokratischen Katastrophen ist eine unerklärliche, geradezu als Gottesstrafe zu vermutende Hühnerseuche, die den Bestand des ganzen Landes dahinrafft. Die Hühner scheinen als einzige den Wahnsinn der nachrevolutionären Zeit zu spüren, müssen sie sich doch unerklärlicherweise erbrechen – und kurz darauf krepieren. Der Seuche Herr zu werden, gelingt den neuen Machthabern nicht.

Wiedergegeben wird im Folgenden der Anfang des fünften Kapitels der Erzählung, das im Original mit „Die Hühnergeschichte" überschrieben ist.

156

In dem abgelegenen Nest Stjeklowsk, dem früheren Trojzk, Gouvernement Kostroma, Kreis Stjeklowsk, erschien schluchzend eine Frau unter dem Vordach ihres kleinen Häuschens in der ehemaligen Kathedral-, der heutigen Personalstraße. Sie trug ein Kopftuch und ein mit Blumen gemustertes Kleid. Diese Frau, Witwe des einstigen Oberpriesters des früheren Gotteshauses, Drosdow, heulte derart laut Rotz und Wasser, dass augenblicklich ein altes Weib ihren mit einem Daunentuch umwickelten Kopf aus dem kleinen Fenster des über der Straße liegenden Häuschens herausstreckte und hinüberrief:

„Was ist los, Stepanowna, schon wieder eins?"

„Das siebzehnte!" schluchzte die Witwe zur Antwort.

„Ach Gott ach Gott", jammerte die Alte kopfschüttelnd, „was soll denn das sein? Wahrlich, der Herr hat sich erzürnt! Schon krepiert, oder?"

„Schau sie dir an, schau sie dir doch an, Matrjona, was mit ihr los ist!" brummelte die Popenfrau, tief und schwer aufschluchzend.

Das schief hängende graue Gartentor zuwerfend, schlurfte die Popenwitwe barfüßig und unter Tränen über die staubige, holprige Straße und führte die Matrjona zu ihrem Geflügelhof.

Zu all dem muss man sagen, dass die Witwe der Tod des Oberpriesters, der ihn [19]26 wegen der herrschenden Ungläubigkeit ereilt hatte, nicht hatte entmutigen können und sie danach eine ganz bemerkenswerte und erkleckliche Hühnerzucht aufbauen konnte. Dann belegte man sie mit einer so hohen Steuer, dass sie fast gleich schon wieder hätte aufgeben müssen, wären da nicht gute Menschen gewesen. Sie brachten sie nämlich auf die Idee, bei den Behörden eine Eingabe zu machen für die Gründung einer Werktätigen-Hühnerzuchtgenossenschaft. Diese würde aus ihr selbst, also der Drosdowa, ihrer treuen Angestellten, der Matrjona, sowie ihrer taubstummen Nichte bestehen. Der Witwe wurde die Steuer erlassen, die Hühnerzucht blühte auf, so dass im Jahre 28 auf dem schmutzigen, von Hühnerhäuschen umsäumten Hof bis zu zweihundertfünfzig Hühner wuselten, unter ihnen sogar Cochins. Jeden Sonntag tauchten die Witweneier auf dem Stjeklowsker Markt, ja sogar auf dem von Tambow auf – und es kam vor, dass sie in den Schaufenstern der ehemaligen Molkerei „Käse und Butter Tschitschkin in Moskau" zu sehen waren.

Und nun lief also seit dem Morgen die siebzehnte Henne, auch noch eine Brahma mit geliebter Federhaube, über den Hof und übergab sich. „Err …, rr…, url go-go-go" machte das arme Tierchen und verdrehte die traurigen Augen zur Sonne, als würde sie sie zum letzten Mal sehen. Vor dem Schnabel des Huhns hockte das Genossenschaftsmitglied Matrjona mit einer Schale Wasser.

„Schöpfchen, mein Liebes … zip-zip-zip … trink ein Schlückchen", und schob dem Schopfvogel die Wasserschale unter den Schnabel, aber er wollte nicht trinken, sondern riss den Schnabel weit auf, reckte den Kopf empor – und spuckte sogleich Blut.

„Um Gottes Willen", schrie die Nachbarin auf und schlug sich auf die Schenkel. „Was geschieht denn hier? Als würde es geschlachtet. Ich hab' wahrlich noch nie gesehen, dass sich ein Hühnchen wie ein Mensch mit dem Magen so abquälen kann."

Und das waren die Abschiedsworte für das arme Schöpfchen. Plötzlich purzelte es auf die Seite, stieß mit dem Schnabel hilflos in den Dreck und verdrehte die Augen. Dann drehte es sich auf den Rücken, streckte beide Beine in die Höhe und blieb so regungslos liegen.

Die Matrjona heulte auf, fiel hin und verschüttete dabei das Wasser im Becher. Auch die Genossenschaftsvorsitzende, die Popenwitwe, wimmerte. Die Nachbarin beugte sich an ihr Ohr und flüsterte:

„Stepanowna, ich freß‘ einen Besen, wenn die Hühner nicht behext wurden. Wo hat man denn sowas schon gesehen! Solche Hühnerkrankheiten gibt es ja gar nicht! Irgendjemand hat den bösen Blick auf deine Hühner gerichtet.“

„Ihr Feinde meines Lebens!“ rief die Witwe den Himmel an, „warum wollt ihr mich denn unter die Erde bringen“?

Zur Antwort erhielt sie einen lauten Hahnenschrei von einem schräg aus einem Hühnerstall torkelnden zerrupften dürren Hahn, so, als verließe er gerade eine Bierkneipe. Mit verzweifelt aufgerissenen Augen blickte er auf sie und trat auf der Stelle, die Flügel wie ein Adler ausgebreitet, aber ohne abzuheben. Dann begann er auf dem Hof im Kreis umherzugehen wie ein Pferd an der Führleine. In der dritten Runde blieb er stehen, röchelte, spie Blut um sich, drehte sich um, streckte die Beine Masten gleich der Sonne entgegen. Weibergeheul erfüllte den Hof; gleichzeitig war in den Hühnerställen aufgeregtes Gegacker, Rumoren und Spektakel ausgebrochen.

„Und, ist das etwa keine Katastrophe?" fragte die Nachbarin überzeugt. „Ruf Vater Sergius, er soll eine Messe halten."

Um sechs Uhr abends, als die Sonne tief zwischen den feurigen Fratzen der jungen Sonnenblumen stand, entledigte sich Vater Sergius, der geistliche Vorsteher der Stjeklowsker Kirche, nach seinem kurzen Gottesdienst auf dem Hühnerhof seines Epitrachelions. Schaulustige lugten über den Holzzaun und durch seine Ritzen. Die gramgebeugte Popenfrau küsste ehrfurchtsvoll das Kreuz und überreichte Vater Sergius einen eingerissenen, mit ihren Tränen benetzten gelblichen Rubelschein, der seinerseits unter Seufzen sinngemäß davon murmelte, dass wir den Zorn des Herrn auf uns gezogen hätten. Vater Sergius' Sicht auf die Dinge war so, als wisse er genau, durch was der Herr erzürnt wurde, nur verrate er es nicht.

Danach zerstreuten sich die Menschen auf der Straße, und da Hühner früh schlafen zu gehen pflegen, bemerkte niemand, dass bei der Nachbarin der Popenfrau Drosdowa im Hühnerstall gleichzeitig drei Hühner und ein Hahn verendeten. Sie erbrachen sich ebenso wie die Drosdowa'schen Hühner, nur dass ihr Tod im verschlossenen Hühnerstall und in aller Stille eintrat. Der Hahn fiel mit dem Kopf voraus von der Hühnerleiter und verendete in dieser Position. Was die Hühner der Witwe betrifft, so starben sie unmittelbar nach der kurzen Andacht; gegen Abend herrschte in den Hühnerställen, in denen totes Geflügel zuhauf herumlag, Totenstille.

Am nächsten Morgen erwachte die Stadt wie vom Donner gerührt, nahm doch die Geschichte merkwürdige und ungeheuerliche Ausmaße an. Auf der Personalstraße gab es nur noch drei lebende Hühner. Diese gehörten dem Bezirksfinanzinspektor, der im letzten Häuschen Quartier bezogen hatte; doch auch sie verendeten gegen ein Uhr mittags. Am Abend tobte und brummte es in dem Städtchen Stjeklowsk wie in einem Bienenstock und das entsetzliche Wort „Seuche" machte die Runde. Der Name der Drosdowa tauchte in einem Artikel der Ortszeitung „Roter Kämpfer" unter der Überschrift „Tatsächlich eine Hühnerpest?" auf und wurde von dort aus weiter nach Moskau getragen.

PETER HILLE

Die Henne zeigt durch Gackern an,
wenn ihr ein Ei gelungen,
so ähnlich macht's der Dichtersmann
wenn er mal was gesungen.

(1854-1904; 1902)

Närrische Hühner

Jedesmal, wenn ich durch unseren Geflügelhof gehe, bekomme ich pharisäische Anwandlungen und sage: Gott, ich danke dir, daß ich nicht bin wie diese da! Lieber Herr, es war doch nett von dir, daß du aus mir einen Menschen und kein Huhn gemacht hast!

Dabei will ich nicht einmal von der an sich so berechtigten Erwägung ausgehen, daß ja der Mensch überhaupt das vollkommenste Geschöpft dieser Erde ist. Ich will im Gegenteil alle Zugeständnisse machen, die irgend verlangt werden. Denn es könnte ja schließlich ein Tier kommen und sagen, unsere Vorzüge seien eben nur auf unserer persönlichen Welt- und Lebensanschauung begründet und würden vor der der Tiere hinfällig. Ich will also so weit gehen, wie ich kann, und sagen: Wir sind allesamt Geschöpfe derselben Erde und haben alle dieselbe Daseinsberechtigung. Und trotzdem, selbst von diesem Gesichtspunkte aus, muß ich sagen: ich bin froh, daß ich ein Mensch und kein Huhn geworden bin – weil nämlich dieses Federvieh über die Maßen beschränkt, kleinlich, hochmütig, zucht- und sittenlos ist.

Ich habe das unsrige ganz genau beobachtet und kann beweisen, was ich sage.

Da bewohnen sie nun zum Beispiel ein und dasselbe Haus in einem und demselben Baumgarten. Es ist allerdings ein weitläufiger Garten mit dem verschiedensten Bestand, aber das ändert doch nichts daran, daß es ein und derselbe Garten und es ein und dasselbe Federvieh ist. Ich will nicht einmal von den wenigen Gänsen sprechen, die so ungeheuer stolz darauf sind, als so große Tiere auf die Welt gekommen zu sein, die langhalsig, mit geziertem Geröhre, eine hinter der anderen, ihre eigenen Wege gehen. Auch von den Enten will ich schweigen, die etwas gemütlicher sind, aber immerhin noch verächtlich genug auf die beweglicheren Hühner schauen, und die ebenfalls ihren geschlossenen Kreis für sich bilden. Es sind das eben Wasservögel mit anderen Überlieferungen und anderen Lebensgewohnheiten als die Hühner, und wenn Geschöpfe nun einmal so grundverschiedene Neigungen und Sitten haben, so sollen sie in Gottes Namen voneinander bleiben. Aber ist es nicht geradezu lächerlich, daß die Hühner, die doch nun einmal alle als Hühner auf die Welt gekommen sind, sich in verschiedene Kreise teilen? Haben sie irgend einen Grund, sich voneinander abzusondern oder eins auf das andere hochmütig herabzusehen? Haben sie Veranlassung, auf irgend einem einzelnen herumzuhacken? Ist es anständig, die schwächeren vom Futter wegzuschubsen? Ist es schön, Tugend zu heucheln, wo längst keine mehr ist? Anderer Leute Kinder mit lautem Geschrei da fortzujagen, wo man nachher den eigenen ungezogenen Rangen den besten Platz und das beste Futter zuschustern kann? Einerlei, ob die anderen Kinder hungern und frieren müssen? Ist es schließlich nicht ganz infam, im Kreise seiner Familie den Vornehmen zu markieren und hinter dem Rücken — — aber das ist etwas ganz Abscheuliches; ich komme noch darauf zurück.

Ich wollte noch gar nichts darüber sagen, wenn sich nur etwa das Alter von der Jugend absonderte, denn das begründet die Natur gewissermaßen selbst. Man kann es einem alten stattlichen Hahn nicht so übelnehmen, wenn er sich lieber, sei es selbst etwas prahlerisch oder selbstgefällig, auf seinem fetten Misthaufen aufpflanzt, als mit den Junghähnchen zu raufen oder in den Blumengarten einzubrechen, in dem, nach seiner gereiften Erfahrung, ohnedies nichts Besonderes zu holen ist. Und die alten wohlversorgten Hühnermütter haben auch ohne Zweifel mehr Vergnügen daran, sich in ihr bestes Sandloch einzubuddeln und behaglich zusammen zu gackern, als mit den jungen Hühnermädchen Ausflüge zu unternehmen, um mit den Junghähnen oder gar den Nachbarhähnen anzubändeln. Aber auf diese Art der Trennung beschränken sie sich durchaus nicht; sie machen auch außerdem eine ganze Menge törichter Unterschiede.

Da ist zum Beispiel eine große, stattliche braune Henne mit blitzblankem, glänzendem Gefieder. Sie hat drei Wochen lang wichtig und breit im besten Nest des Hühnerstalls gesessen, hat sich fleißig füttern und pflegen lassen, und nun sie neun dicke, gesunde Kinder hat, platzt sie fast vor Tugendstolz und ist der Ansicht, sie und ihre Kinder wären etwas ganz Außergewöhnliches, und es wäre nur selbstverständlich, wenn ihnen in jeder Weise Ehrerbietung bezeigt würde. Diese Henne ist außerordentlich großartig und herablassend gegen andere Hühner, und die geringeren von ihnen werden sehr schlecht behandelt. Namentlich die kleine gelbe Henne, die so besonders ruppig aussieht. Die kleine gelbe Henne, ein blutjunges, unerfahrenes Ding, hat, das ist leider nicht zu leugnen, mit einem der Nachbarhähne eine Liebelei gehabt. Sie hat sich denn auch so geschämt, daß sie ihr Nest in aller Stille im benachbarten Wäldchen baute. Natürlich, sie hatte da keine rechte Pflege, und das einzige Ergebnis dieser ungeordneten Liebschaft waren ganz armselige, halbnackte Krabben, mit denen sie, selbst zerzaust und aufs äußerste heruntergekommen, eines Tages kläglich gackernd wieder auf dem Hofe erschien.

Auf dieses arme Geschöpf hat nun die fette Henne eine wahre Wut, obwohl sie sie ja eigentlich nichts angeht und obwohl sie ihr weder Platz noch Futter wegnimmt. Sie kann sie nun einmal nicht leiden, und trotz ihrer Tugend beißt sie auf ihr herum, wo sie nur Gelegenheit findet, und jagt die armseligen kleinen Geschöpfe mit lautem Geschrei fort, wo immer sie sich sehen lassen.

Sie wird dabei unterstützt von einem dünnbeinigen mageren Huhn, das überall zu sehen ist, wo es etwas zu fressen gibt. Fällt bei den Gänsen etwas ab: es ist da! Essen die Enten gerade: es ist in der Nähe! Bekommen die Küken ihr Futter: es fehlt nicht! Und daß es bei den Mahlzeiten der Hühner das erste ist, ist ganz selbstverständlich. Wahrscheinlich will sich dieses gewinnsüchtige Tier bei der fetten Braunen einschmeicheln, die samt ihren neun Kindern immer einen gedeckten Tisch hat; jedenfalls hackt auch sie wütend auf die struppige Gelbe ein, wo sie sie nur sieht, und die beiden boshaften Tiere haben es wahrhaftig fertiggebracht, daß der ganze Hof die Kleine boykottiert und aus dem Hühnerhause hinausgebissen hat, so daß die elende Kreatur samt ihren kleinen Rangen [*ungezogene Kinder*] sich jede Nacht einen anderen Unterschlupf suchen muß.

Ja, wenn es sich wenigstens noch darum handelte, der beleidigten Tugend und guten Sitte zu ihrem Recht zu verhelfen – wie das bei uns Menschen der Fall sein würde! Aber das k a n n nicht einmal so sein. Denn da ist neulich eine andere Henne auf den Hof gekommen, ein zierliches, elegantes, blankäugiges Geschöpf in einem glänzenden schwarzen Kleide mit koketten weißen Tupfen. Sie ist nämlich Witwe. Ihr Mann ist im Kampf ums Futter verunglückt, und so siedelte sie mit ihren Kindern – den hübschesten, aber frechsten Rangen, die man sich denken kann – zu uns über. Sie tat ganz besonders zurückhaltend und sipp [verm. *geziert*], paradierte mit ihren Kindern, verkehrte mit meinem anderen Huhn und lief jedesmal entsetzt davon, wenn der Hahn mit dem schönen bunten Schwanz sich ihr als künftiger Gatte und Familienvater vorzustellen versuchte. Aber da ist der älteste der Junghähne, ein schlanker, großer Bursche mit silbergrauen Beinen und silbergrauem, ganz einfarbigem Gefieder. Er trägt den Kamm nach der neuesten Mode ganz kurz und kraus und geht infolgedessen immer mit halbgeschlossenen Augen, blinzelnd, stelzbeinig und äußerst verächtlich an dem altmodischen Familienvater, diesem Bauernhahn mit dem lappig hangenden Kopfschmuck, vorüber, der seinerseits zwar drohend mit den Augen rollt, aber nichts zu unternehmen wagt, weil der Dandy ein Paar gewaltige Sporen trägt. Und siehe da! Kaum ist die schmucke Witwe acht Tage lang auf dem Hofe, da fängt sie ganz in aller Stille mit dem Silbergrauen eine Liebelei an! Sie, eine Mutter von fünf Kindern, mit einem Junggesellen! Sie begann damit, daß sie ihre Kinder einfach in die Wiese schickte und weite Spaziergänge mit ihrem Verehrer machte, und doch fand kein Huhn etwas dabei, im Gegenteil, das elegante Paar, das so exklusiv und so fremdländisch aussieht, imponierte allen, im geheimen sogar der braunen Henne, obwohl die keine freundlichen Gefühle hegt für alles, was neben ihr auch Beachtung findet. Und obwohl die kleine Witwe inzwischen dazu übergeht, mit sämtlichen Junghähnen zu flirten, die auf dem Hofe sind, bis herab zu den grünsten Jungen, so hat sie dennoch ihren schönsten Platz im Hühnerhaus, und keiner denkt daran, ihr glänzendes Kleid so zu zausen wie das zerfetzte Gefieder der armen kleinen Proletarierin und ihrer ewig hungrigen Kinder. Selbst der bunte Hahn gibt sich heute noch alle erdenkliche Mühe um das kokette Geschöpfchen und verdreht die Augen, kollert und reckt sich, sobald sie sich nur blicken läßt. Aber sie weist ihn immer noch ab: er ist ihr zu alt, zu behäbig und wahrscheinlich zu spießbürgerlich. Und deshalb ist es für den bunten Hahn eine Art Genugtuung, daß sein bestgehaßter Feind, der alte Wyandotte, auch einen Korb von ihr bekommen hat.

Der alte Wyandotte ist das Oberhaupt der Wyandottefamilie. Die Mitglieder dieser Familie halten sich für die Vornehmsten des ganzen Hühnerhofes; sie messen sich sogar, groß und stattlich, mit den Gänsen und Enten. Es sind nämlich Goldwyandottes. Sie sehen sehr großartig und prächtig aus, und ihr Kreis ist sehr eng geschlossen. Und obwohl sie von Hause aus eigentlich keine anderen Traditionen haben – wie etwa die Enten und die Gänse –, kopieren sie diese getreulich in der Art, wie sie sich ganz für sich halten. Nie würde eines von ihnen mit einem gewöhnlichen Huhn spazieren gehen; nichts imponiert ihnen, sogar auf die gewandte Witwe und ihren galanten Verehrer schauen sie mit kühlem Hochmut herab. Wenn die Wyandottes irgendwo ein Sandloch haben, so muß es notwendig größer sein als irgend ein anderes Sandloch, und wenn sie mit ihrem Hahn spazieren gehen, so halten sie die Köpfe sehr hoch, blinzeln mit den Augen und sehen weder nach rechts noch nach links.

Das sieht ohne Zweifel recht vornehm aus, und doch könnte es den Wyandottehühnern manchmal nicht schaden, wenn sie die Augen ein klein wenig besser aufmachten. Denn einerseits sehen sie auf diese Weise fast nichts und bleiben ihr Leben lang dumm vor lauter Hochmut, andererseits ist ihr Hahn, derselbe, der im Familienkreise so tadellos und vornehm ist wie irgend möglich, draußen ein arger Schelm. Er geht heimlich aus und fängt Liebschaften mit den Hühnern aus dem großen Volk an. Er kollert und bläht sich und zeigt sein Goldgefieder, obwohl er doch schon alt ist und gesetzt sein sollte, und kein Huhn ist vor ihm sicher, einerlei, ob es die stattliche Dame in Braun ist oder irgendein ganz junges Hühnchen, das erst in die Welt hineinpiepst. Ja, selbst der armseligen Proletarierin stellt er nach, und das ist recht abscheulich, denn wenn er mit seinen Hühnern kommt, läßt er ruhig zu, daß jene von der Gesellschaft über die Achsel angesehen und unsanft beiseite gestoßen wird.

Ja, der Wyandottehahn allein würde schon meine Abneigung gegen die Hühner zu Gunsten der Menschen rechtfertigen, aber es gibt noch etwas, das so recht unangenehm und schäbig anzusehen und den Hühnern eigentümlich ist: gibt es irgendwo etwas zu ergattern, so ist sogleich aller Stolz und alle Würde zum Teufel! Dann kollern sie alle, höchstens mit Ausnahme einiger ganz verdummter Wyandottehühner, in der unanständigsten Hast übereinander, beißen sich, hacken sich, schubsen sich, treten sich gegenseitig tot.

Und bei einer solchen Gelegenheit habe ich auch gesehen, wie tief der Charakter der Hühner verdorben ist, so tief, daß weder die höchste Vornehmheit noch das tiefste Elend ihn im Grunde ändern kann. Denn als es einmal etwas ganz besonders Gutes zu erjagen galt und die kleine Außgestoßene auch einmal etwas davon mithaben wollte, ließ sich ein stolzes, fettes Wyandottehuhn in seiner sittlichen Entrüstung darüber so weit hinreißen, sie beinahe tot zu beißen, worauf s i e sich in ihrer ohnmächtigen Wut auf ein am Wege sitzendes Täubchen stürzte und ihm alle Federn vom Kopf riß, obwohl das Täubchen doch mit der ganzen Geschichte überhaupt nichts zu tun hatte!

Habe ich nun nicht Recht, wenn ich sage: Ich freue mich, daß ich ein Mensch und kein Huhn geworden bin! Denn bei uns Menschen, in unserer geordneten bürgerlichen Gesellschaft, können alle diese Dinge n i c h t vorkommen.

(1897-1939; 1916)

Carl Spitteler

Das blinde Huhn

Ich weiß ein Huhn, so stock- und steinerblindet,
Daß es von selbst das gröbste Korn nicht findet.
Zum guten Glücke kam des Wegs ein Hahn,
Der nahm aus Mitleid sich des Blindhuhns an.

Doch jedesmal bei jedem Körnlein Gerste,
Das er ihr gnädig reichte, war das erste,
Daß ihm den wahren Weg zur rechten Tenne
Gackernd und gluckernd wies die weise Henne.

(1845-1924)

Georg Britting

Der Hahn

Zornkamm, Gockel, Körnerschlinger,
Federnschwinger, roter Ritter,
Blaugeschwänzter Sporenträger,
Eitles, prunkendes Gewitter
Steht er funkelnd auf dem Mist,
Der erfahrne Würmerjäger,
Sausend schneller Schnabelschläger,
Der er ist,
Der mit Lust die roten Ringelleiber frißt.

Und nun spannt er seine Kehle,
Schwellt die Brust im Zorn:
Schallend tönt das Räuberhorn.
Daß er keinen Ton verfehle,
Übt er noch einmal von vorn.

Hühnervolk, das ihn umwandelt,
Wenn er es auch schlecht behandelt,
Lauscht verzaubert seinem Wort.
Wenn sein Feuerblick rot blendet,
Keines wendet sich dann fort,
Denn er ist der Herr und Mann,
Der an ihnen sich verschwendet
Und die Lust vergeben kann.

Und, sie habens oft erfahren,
Die um ihn versammelt waren:
Goldner Brust, der Liedersinger,
Ist der mächtige Morgenbringer,
Der selbst dem Gestirn befiehlt.
Wenn er seine Mähne schüttelt
Und schreit seinen Schrei hinaus,
Der am Nachtgewölbe rüttelt,
Steigt die Sonne übers Haus.

(1891-1964; 1939)

Regenschwere Pause

Bezogen ist der Himmel, und ich nähere mich dem Hühnerzaun, der das Geviert abschließt, wo sie wohnen. Es ist ganz still in der Luft, die schwarzen Balken der Häuser stehen so naß da, noch regnet es nicht. Es blinkt von alten Pfützen. Die Hühner stehen regungslos und sehen mich an. Keines pickt.

Da ist der Hahn, der, wie Jules Renard entdeckt hat, uns immer so ansieht, als sei er im Begriff zu sagen: „Ja, wollen Sie nicht grüßen – ?"

Sein rundes, kleines Auge rollt wie ein Flammenkreis; wenn man lange hineinguckt, kann man vielleicht Buchstaben lesen: NUR PERMAPUDER! Eine Pfote hat er angehoben, und nun wartet er, um zu erfahren, worauf er wartet. Die Hennen wenden kaum die Köpfe; sie warten alle mit ihm. Die Küken stehen; die halbjungen Hennen, die gerade anfangen, es zu sein, stehen. Der ganze Hühnerhof sieht mich an.

Futter wartet in den Näpfen, Wasser in der Tonröhre, die Steine am Wege, und wir sehen uns alle an, untertan einem gemeinschaftlichen Bann, Teilhaber einer akuten Verzauberung, regungslos. Die Hühner sehen jetzt aus, als seien sie aus Seife, manchmal wedelt ein Kamm und fällt lasch nach der einen Seite herunter, da schämt er sich und hängt nun auch still, ganz still . . . Ein Tropfen fällt vom Dach und versickert im Maisfutter, kein Huhn beachtet es, wir stehn und warten . . .

Da sprüht es plötzlich von oben herunter, dann rauscht der Regen schnell, in dichten Schnüren. Wir

gehen alle in unsre Häuser, erlöst, wir dürfen wieder gehen, jetzt haben wir gar nichts mehr miteinander zu
schaffen.

Als wir uns von neuem sehen, scheint die Sonne – es
ist heiterster Tag. Niemand spricht mehr von der Pause,
in der wir uns so nahe gewesen sind. Wir sagen wieder
Sie zueinander.

(1890-1935; 1927)

ERICH BÄUMER

Es ist dumm, vom „dummen Huhn" zu reden

Wir haben uns [...] einen Überblick verschafft über die Triebfedern, die das Huhn zu seinen Handlungen veranlassen, über seine Möglichkeiten, in ungewohnten Situationen aus eigener Entscheidung einen Ausweg zu finden und über die vielfältigen Verständigungsmittel, deren sich die Hühner untereinander bedienen.

Wir sahen, daß das Huhn – wie alle Tiere – im wesentlichen vom Instinkt geleitet wird. Durch Jahrtausende erprobte Verhaltensweisen, die das Bestehen der Tierart im Kampf ums Dasein ermöglichen, haben sich gefestigt und werden von Generation zu Generation vererbt. Diese Instinkte werden durch Zentren, Schaltungen und Leitungen des Gehirns gesteuert.

Zu dem von Instinkten geregelten Verhalten gehört vor allem das Alltagsleben auf dem Hühnerhof. Die strenge Sozialordnung der Hühner, die vielen Verständigungsmöglichkeiten durch Laute, Körperhaltung und Gefiederstellung: Das alles zeigt uns ein reich gegliedertes Instinktleben.

Das Huhn hat über diese Instinkte hinaus einen freien Spielraum, in dem sich seine „Individualität" entfaltet und in dem es Situationen bewältigen kann, in denen der Instinkt allein keinen Ausweg zeigt. Eine wertvolle Hilfe ist dem Huhn dabei sein relativ gutes Gedächtnis. Manchmal möchte man schon fast von „Vernunft" reden; ich erinnere hier zum Beispiel an die ausgesperrte Henne sowie an die Henne, die man hinter die Garage gejagt hatte. Beide bemühten sich zunächst vergeblich, ihr Ziel zu erreichen, hielten dann kurz inne (fast möchte man fortfahren: „und überlegten"), dann fanden sie ganz zielstrebig auf ungewohntem Wege heim.

———

An dieser Stelle seien die zwei vom Autor angesprochenen, von ihm zuvor ausführlicher beschriebenen Beispiele hier eingefügt:

Manchmal kann es bei Hühnern auch durch ein Zusammenwirken von Trieben, Gedächtnis und Erkennen der gegebenen Möglichkeiten zu Handlungen kommen, die einen gewissen Grad von Einsicht erkennen lassen. Dafür zwei Beispiele:

Einige Junghühnchen übernachteten einige Wochen lang in einem kleinen Schuppen. Eines von ihnen richtete sich dort zwei Jahre später ein Nest her, legte und begann zu brüten. Eines Tages schloß jemand die Tür – die Henne war ausgesperrt. Sie ging ein paar Mal um den Schuppen, hielt eine Weile wie nachdenkend inne, flog dann auf eine Fensterbank des Wohnhauses und drängte sich durch eine Lücke zwischen der Bretterwand des Schuppens und dem Fenster. So kam sie wieder zu ihren Eiern. Zwei Jahre vorher waren die Junghühnchen manchmal am Morgen durch dieses Loch hinausgeschlüpft, hineingegangen waren sie aber sicher nie auf diesem Wege, denn die Tür stand den ganzen Tag über offen.

Einer anderen Henne erlaubte ihr gutes Flugvermögen, des öfteren den Garten des Nachbarn zu besuchen. Keiner nahm daran Anstoß, eines Tages war dort jedoch ein Gartenarbeiter beschäftigt, der sie scheuchte und jagte. Sie flüchtete voll Angst, verpaßte dabei die Stelle, wo sie immer über den Zaun flog, und geriet hinter die Garage, die sie nun vom heimatlichen Hof trennte. Während der folgenden Viertelstunde wollte sie wohl zehnmal hinter der Garage hervorkommen, wich aber immer wieder zurück, wenn sie den gefürchteten Mann erblickte. Dann wurde sie ruhiger, und plötzlich flog sie zweieinhalb Meter hoch auf die Garage und lief über deren Dach heimwärts.

———

Schließlich wird das Huhn noch durch Affekte und Stimmungen zum Handeln angetrieben, wenn es zum Beispiel angriffslustig oder ängstlich ist, wütend oder erschrocken.

Was kann das Huhn nicht? Wie alle Tiere kann es nichts Abstraktes denken; schon das Fehlen einer Wortsprache macht das unmöglich. Einen Sinn für Zukünftiges hat das Huhn auch nicht, wenn wir von der Erwartung absehen, daß gleich etwas geschehen wird: Ein anderes Huhn wird angreifen oder ausweichen, ein Mensch, der sich mit dem bekannten Gefäß nähert, wird Futter austeilen usw.

Wie alle Tiere ist das Huhn also „dümmer" als der Mensch, wenn wir mit „dumm" das Fehlen der eben genannten Denkmöglichkeiten bezeichnen.

Andererseits – erinnert uns das Verhalten der Hühner nicht in vielen Punkten an menschliches Verhalten? Mehr, als viele von uns glauben und wissen, werden auch wir Menschen von Instinkten geleitet. Die Rangordnung innerhalb unserer Gesellschaft unterscheidet sich gar nicht so sehr von der im Hühnerhof; auch wir markieren die Grenzen unseres „Reviers", drohen mit Krieg und brechen erobernd in fremdes Gebiet ein; auch wir kämpfen um „Weibchen", Nahrung und die besten „Nistplätze"; unser Pflegetrieb gegenüber Babies wird genauso durch Instinkte ausgelöst wie das Verhalten der Glucke gegenüber den Küken. Wenn wir alles über das Huhn Gesagte zusammenfassen: sein reich gegliedertes Instinktleben, sein Gedächtnis, seine Fähigkeit, Stimmungen zu haben und in bescheidenem Maße „vernünftig" zu handeln, müssen wir wohl zugeben, daß es dumm ist, schlechthin vom „dummen Huhn" zu reden.

(1897-1972; 1964)

JOHANNES KIRSCHWENG

Habicht überm Hühnerhof

Das Vaterhaus lag in der Nähe des Waldes, durch Wiese und Weiher nur von ihm getrennt. So waren wir mit ihm vertraut, kannten nicht nur die breiten Wege darin, sondern auch die ganz geheimen Pfade, die zu begehen man schmal sein und sich bücken mußte, die einem Tannennadeln ins Haar streuten oder auch einen erschrockenen Käfer, der dann plötzlich übers Gesicht hastete oder gar in den Nacken hinein.

Und nicht nur die vier großen Jahreszeiten des Waldes kannten wir, nicht nur sein tiefes seliges Aufatmen im Frühling, sein heißes Leben im Sommer, sein farbiges Sterben im Herbst, seine weihnächtliche Stille im Winter. Das waren nur die großen Rahmen, von denen gehalten und auch sie überschneidend es viele andere Zeiten noch gab, gekennzeichnet durch das Aufblühen einer stillen Waldblume, das Erglühen einer Beere, das Aufschießen eines Pilzes, oder durch den Schrei eines Vogels, das Aufspringen eines jungen Hasen.

Wir kannten also den Wald, waren mit ihm vertraut, waren seine Nachbarn und Freunde. Aber es war die Freundschaft eines ganz Großen zu ganz Kleinen. Er erzählte Märchen, schenkte uns rote und blaue Beeren und braune Haselnüsse. Er schenkte uns die Sprünge der Eichhörnchen, den Anblick einer Rehfamilie auf einer sehr verborgenen Waldwiese, aber er schenkte doch nicht sich selber, seine Seele und sein Geheimnis.

Nur manchmal, daß wir nicht allzu übermütig würden, ließ er es ahnen. Dann ging nach großer Stille ein ganz plötzliches Aufrauschen durch die Bäume und geheimnisvolle, wehe Stimmen waren hineingemischt, oder ein großer unsäglich fremder Tierblick traf uns, oder im Dickicht fanden wir den vergilbten Schädel eines Hasen oder eines Rehes, und sonderbarer und erschreckender noch einen toten Vogel.

Da rührte uns jedesmal das Geheimnis des Waldes an, so daß wir erschauerten.

Aber gerade darum liebten wir dann doch den Wald, weil er nicht nur Märchen erzählte, in denen es rot und blau von Hagebutten und Schlehen schimmerte, sondern weil er das große Geheimnis besaß, das uns erheben [*gemeint: erbeben?*] machte; weil in seinem Dunkel und in seinem Rauschen die Gefahr und das Abenteuer verborgen waren.

Und wir priesen die Waldnähe des Hauses, nicht nur weil wir durch das sanfte Rauschen – das unbedrohliche – in Schlaf gewiegt wurden, weil an Sommermorgen der Gesang der Vögel bis in unsere Schlafkammern hinein zu hören war, sondern ganz insgeheim, weil sie Gefahr und Abenteuernähe war.

Das Bellen der Füchse an Winterabenden liebten wir sehr, und die Spuren des Marders in unserem Garten, und den Habicht überm Hühnerhof. Ich liebe dieses Wort Hühnerhof, weil es am deutlichsten so viele Erinnerungen an Ferienmorgen und Sommernachmittage aufsteigen läßt. Aber vielleicht klingt es ein bißchen anspruchsvoll, und so will ich hinzufügen, daß es auf diesem Hühnerhof wohl nie mehr als ein Dutzend Hühner und einen Hahn gegeben hat. Aber das war genug für viele Dutzend Abenteuer, Ängste, Hoffnungen und Belustigungen. Es war auch genug, um den Habicht aus seinem dunklen Waldnest herauszulocken, so daß es dann kam wie die Gefahr und Dunkelheit des Waldes selber.

Von den vielen Malen, wo ihm sein Einbruch in den Frieden des Hühnervolkes nicht gelang, weiß ich, wie es war. Denn wenn es ihm einmal gelang, kam man natürlich zu spät und hatte nichts gesehen, oder doch nur, wie der Räuber stolz und sieghaft über dem Walde verschwand. Die Hühner standen dichtgedrängt zusammen um den Hahn. Aus dem aufgeregten Gekrakel erhob sich zuweilen ein greller Schrei, der für alle das Signal war zum lautesten Gegacker und Gekräh. Bis es allmählich abflaute und das bekümmerte Volk, durch unsere

Gegenwart beruhigter, sich wieder ans Scharren und ans Eierlegen begab.

Aber im Höhepunkt der Erregung konnten wir, wenn wir's den Hühnern gleichtaten und den Kopf nach dem sommerlichen Himmel reckten, irgendwo zwischen den weißen Wolken einen dunklen Punkt entdecken. Eine Zeit lang stand er unbewegt wie ein Pol, um den sich die Wolken und die Ströme der lauen, duftenden Luft bewegten, und dann plötzlich zog er wundervolle Kreise und verschwand, wohl weil er mit seinem Raubvogelblick gesehen hatte, daß da unten zwischen den begehrten Küken und Junghühnern ein weit gefährlicheres zweibeiniges Wesen stand, das sein Vorhaben gewiß nicht begünstigen würde.

Wenn er mehr Glück hatte, der Habicht, dann kam man eben zu spät, geriet in das gramvollste Jammergeschrei der Hühner hinein, aus deren Schar der Wilde sich eins gekrallt hatte, und vermeinte noch einen Augenblick seine scharfe Witterung einzuatmen, die Witterung seines fernen dunklen Horstes, die Witterung der Gefahr und des Todes.

Wenn dann die Mutter klagte, daß es gerade das schönste Küken gewesen sei, und wir selber nach einigem Forschen herausfanden, welches fehlte, wenn wir uns erinnerten, wie das gelbe oder dunkle Tierlein noch vor einer Stunde so sicher und vertrauensselig dahinspaziert war und gescharrt hatte, dann waren wir gewiß traurig, aber doch auch von einer streng verborgen gehaltenen, ungeheuren Genugtuung erfüllt darüber, daß hier bei uns, dicht neben dem so warmen sicheren Vaterhaus so ungeheuerliche Dinge geschehen konnten, daß wir insgeheim auch da noch im Wald lebten, in der Wildnis, und daß sie jeden Augenblick offenbar werden konnte.

Das Bild des triumphierend davonschwebenden Raubvogels aber weckte die Erinnerung an all die anderen Feinde des Hühnervolkes, an Fuchs, Marder und Iltis, die freilich im Dunkel der Nacht oder in der Morgendämmerung auf Raub auszogen.

Am Abend wurden alle Türen und Luken sorgfältiger geschlossen, und wir fühlten dann in der Nacht mehr als je die Sicherheit des Hauses und die Gefährlichkeit der Welt da draußen – und waren froh, daß es da draußen gefährlich war, daß es schleichende Tiere gab mit mörderischen Zähnen, Raubvögel mit eisernen Krallen und unerhörte Abenteuer.

Wenn wir dann nach solchen Tagen wieder durch den Wald schritten, dann kam es uns fast an, ihm – nicht dem Märchenerzähler und Beerenschenker, nein, dem Dunklen und Unheimlichen – vertraulich zuzuzwinkern, weil er nun ja doch bei uns zu Hause gewesen war, auf Besuch sozusagen, in dem einfallenden Habicht.

Aber dann schrie aus seiner Tiefe eine Tierstimme, die wir noch nicht kannten, oder dicht vor uns flog stumm ein großer Vogel auf.

Da gingen wir beklommen weiter. Nicht sehr weit mehr.

(1900-1951; 1933)

Die Geschichte vom Hahne Caligula und einer Henne unbekannten Namens

Sonnengelb leuchtete die Landstraße, die der Grenze entgegenzieht, und rosenrot ist das letzte Haus auf unserer Seite.

Auf der Landstraße steht der große, schlacksige Grenzwächter mit dem breiten schwarzen Schnauzbart.

Einsam steht er da, wie ein alter, behäbiger Wartturm, und seine Blicke streifen über die Bühne jenseits der Grenze. Zahlreiche Männer stehen, sitzen, liegen da umher und warten von morgens früh bis abends spät auf etwas ganz Geheimnisvolles.

Ach, gar zu selten haben sie die Gelegenheit, aufzuspringen, um ein Gewühl zu entfachen, für einen, der toderschrocken die Drahtgitter durchschreitet.

Hellblau ist das Haus, wohin, dicht umringt, der Toderschrockene geleitet wird und wo vor einem großen schwarzen Buch ein kleiner, dunkelhaariger Mann mit durchbohrenden Blicken und den Allüren eines großen Korsen sitzt.

Schwer ist es festzustellen, ob der Toderschrockene nicht Petrucci Felice, der Bombenwerfer, oder Bianci Andrea, der Fahnenflüchtige, ist.

Aber er ist es nicht.

Er tritt aus dem blauen Hause und schreitet aufatmend auf der sonnengelben Landstraße davon.

Der Grenzwächter diesseits der Grenze lächelt und betrachtet nicht ohne Wohlgefallen einen jungen Soldaten, dem die schwarzblauen Hahnenfedern über den

Nacken wippen, und der gar zu gerne Felice, den Bombenwerfer, in ein sicheres Gewahrsam gebracht hätte.

Der große Grenzwächter geht langsamen Schrittes ins rosenrote Haus, und dort erzählt er mir die Geschichte vom Hahne Caligula und einer Henne unbekannten Namens.

„Caligula, der Hahn, war Herr der Hühnerschar jenseits der Grenze und der schönste Hahn, den ich je gesehen habe. In vielen Farben schillerte sein Gewand schon von frühester Jugend an und wurde immer prächtiger, je älter er wurde. Schließlich wußte man gar nicht mehr, wo eine schöne Farbe anfing, um in eine noch schönere überzugehen.

Die Hühner des blauen Hauses liebten ihren schönen Hahn außerordentlich, und wenn Caligula ein ordinärer Hahn gewesen wäre, so hätte er sich mit ihrer Liebe zufrieden gegeben; denn sie waren alle groß, gesund, kräftig und legten prächtige Eier von einer ganz delikaten Färbung. Aber Caligula war kein ordinärer Hahn, und seine Hennen sagten ihm wenig oder gar nichts. Er liebte das zarte, weiße, etwas kränklich dreinblickende Hühnchen, welches in diesem Hause heimatberechtigt war.

Wie oft sah ich den stolzen, buntbewimpelten Caligula seine gackernde, empörte Hennenschar verlassen und erhabenen Schrittes die Grenze passieren, um dem zarten, weißen, etwas kränklich dreinblickenden Hühnchen eine Visite zu machen.

Dann standen sich die beiden lange Zeit gegenüber, der große, stattliche Hahn und das winzig kleine Hühnchen und sahen sich liebend in die Augen.

Erst wenn die Hennen jenseits der Grenze zu laut ihrer Empörung Ausdruck gaben und immerfort schrien:

der Mann gehört uns, der Mann gehört uns, dann machte plötzlich die kleine Weiße kehrt und ruderte fort, irgendwohin.

Aber Caligula folgte ihr nicht. Ein kleines Weilchen stand er noch da, dann schritt er langsam zurück in den Kreis seiner Hennen. Einen Augenblick herrschte Stille, dann stieß Caligula seinen Schnabel rechtshin und linkshin, Geflatter, Gegacker, Geplärr: einsam auf der Landstraße stand Caligula, der Hahn, und schaute sehnsüchtig zu uns herüber." „Ich glaube", fuhr der Grenzwächter fort, „die Liebe der beiden war eine rein platonische, und die Eifersucht der jenseitigen Hennen war unberechtigt. Jedoch merkwürdig bleibt es: das weiße Huhn legte Eier von besonderer Größe und Schönheit. Damit läßt sich aber nichts beweisen und besonders einem Hahn gegenüber."

„Damals stand jenseits der Grenze", sagte der Grenzwächter, „ein Kollege und langweilte sich akkurat so dort, wie ich mich hier. Dann aber kam dort eines Tages noch einer, und die Langweile verdoppelte sich, bis sie sich allmählich vervielfachte und zahlreiche Männer in Uniformen und Hemden an der Grenze saßen, standen und lagen.

Für Caligula wurde es wirklich schwer, zwischen all diesen Stiefeln mit Sporen und ohne Sporen, gelben breiten und schwarzen schmalen Halbschuhen hindurch zu seiner kleinen Weißen zu gelangen. Mühsam flatterte und kletterte er herüber auf unsere Seite. Aber die Liebe kennt keine Hindernisse, und selbst Verwundungen, die er eines Tages von einem bewaffneten Stiefel erhielt, bedeuteten ihm nichts. Blutend, aber stolz stand er vor seinem etwas kränklich dreinblickenden Hühnchen, kratzte ein wenig die Erde, sah ihm liebend in die Augen und eilte, nach einigem Zaudern, wieder über die Grenze zurück.

Dann aber kam der Tag, den ich nie mehr vergessen werde.

Drüben an der Grenze fuhr ein mächtiges Automobil der Firma Caromana, Drahtgitterfabrik, vor, und kräftige Arme enthoben ihm hohe Drahtgitterballen. In Eile zogen die Mannen das Drahtgitter über die Straße, und nur in der Mitte blieb eine schmale Öffnung, gerade groß genug, daß sich ein Wagen oder ein Automobil durchzwängen konnte. Aber auch diese Öffnung wurde durch eine Drahttüre abgeschlossen. Zwei Mann stehen Tag und Nacht daran, um sie den Passanten zu öffnen und gleich wieder zu schließen. Aber sie haben nicht übermäßig zu öffnen und zu schließen.

An diesem Tage begann die Tragödie, die ich Ihnen heute erzähle.

Ich sehe noch, wie Caligula aus dem blauen Hause stürzte, um sein weißes Hühnchen zu besuchen. Er hatte noch keine Ahnung, welches Hindernis sich quer über die Straße türmte. Eilig stürmte er dahin, von dem triumphierenden Gegacker seiner gut unterrichteten Gemahlinnen begleitet. Ei, ei, um alles in der Welt hätten sie ihm nicht die betrübliche Nachricht mitgeteilt. Er sollte sich nur den Kopf anstoßen, der Schwerenöter, der es so gut haben könnte zu Hause und der sich mit fremdrassigen Hennen in der Fremde umhertrieb.

Wie rannte Caligula gegen das Drahtgitter an! Wütend stieß er mit dem Schnabel dagegen. Ja, er kletterte ein gutes Stück an dem Gitter empor; aber es war zu hoch. Er eilte ein paar Schritte zurück, nahm einen

kurzen Anlauf und versuchte über das Hindernis hinweg-
zuflattern; aber das Gitter war zu hoch. Er gebärdete sich
wie toll, prustete und krähte zum Gotterbarmen; aber das
Hindernis war nicht zu bewältigen.

Caligula war so erregt, daß er nicht merkte, wie er der
Mittelpunkt eines Kreises von Soldaten und Beamten
wurde."

„Ja, mein lieber Caligula", sagte der junge Alpenjä-
ger, dem die blauschwarze Feder in den Nacken wippte,
„du solltest ein besserer Patriot sein! Was gehen dich die
ausländischen Hühner an? Du hast die schönsten Hennen
weit und breit, und es ist eine reine Rasse. Schäme dich,
Caligula!"

Aber Caligula schämte sich nicht. Er kehrte nach einiger Zeit ganz erschöpft zu seinen Gemahlinnen zurück,
würdigte sie aber keines Blickes, geschweige denn einer
Tat, und stand kurz nach der Futterzeit wieder am Drahtgitter.

Wie ein Panther an den Eisenstäben seines Gitters ru-
helos kreuzt, so rannte auch Caligula an der Grenze entlang und spähte nach einem Spalt, der ihm gestattete,
über die Grenze zu kommen.

Aber sehen Sie, ganz selten wurden in diesen Tagen
die Grenzpforten geöffnet, und es gelang ihm nicht, sich
durchzuschlängeln. Ja, es ist für die Menschen schon
nicht so einfach, glatt über die Grenzen zu kommen.
Sollte es da ein Hahn leichter haben, der in manchen Be-
ziehungen nicht ganz einwandfrei war?

Ein Panther ist ein zäher Kerl, so zäh ist ein Hahn
nicht, und eines Morgens, früh im Herbst, fand man ihn
tot vor dem Drahtgitter.

Es war nichts mehr an ihm, nur noch Haut und Knochen; selbst für eine Suppe war er nicht mehr verwendbar. Der Tritt eines Zollbeamten beförderte ihn in den Straßengraben. So endete Caligula, der Hahn."

„Und was wurde aus dem weißen Hühnchen?" frug ich.

„Ja", sagte der Zollbeamte, „das ist das Merkwürdige, das beinahe Unheimliche, das ganz Große in der Geschichte.

Das kleine, weiße, unscheinbare Hühnchen hat seinen Caligula in einer beinahe infernalischen Weise gerächt. Bis in die Landeshauptstadt ist seine Rache gedrungen, und ein sehr großer Mann hat stirnrunzelnd über einem langen Dokument gebrütet. Eine ganze Stunde hat das weiße Hühnchen dem großen Mann von seiner kostbaren Zeit geraubt.

Also, ich trete eines Tages, kurz nach dem Tode des Hahnes Caligula, hinaus auf die Straße – es war früh am Morgen – und betrachtete das Drahtgitter.

Was sehe ich?

Nicht weit vom Boden entfernt hängt in den Maschen ein großes, wundervolles Ei.

Ei, ei, denke ich, das soll ein feines Frühstück werden.

Ich hatte aber nicht mit einem Kollegen von der anderen Seite gerechnet."

„Lassen Sie gefälligst das Ei", sagte er, „es befindet sich auf diesseitigem Boden."

„Nein!" erwiderte ich, „es liegt nicht auf Ihrem Boden, sondern es schwebt in der Luft, und außerdem befindet sich die größere Hälfte auf unserem Gebiet!"

„Falsch", tönte es aus der Ansammlung auf der anderen Seite, „das Ei hängt in einem Draht, der nachweislich unser ist."

„Kurzum, das Ei wurde der Mittelpunkt einer langen Auseinandersetzung, die erst dieser Tage durch ein gütliches Übereinkommen beendet wurde. Und ich glaube sogar, es ist nur ein vorläufiges Übereinkommen. Wer weiß, was man noch alles erwarten kann."

In diesem Augenblick kam ein dickes, weißes Huhn in das Zimmer gelaufen, genierte sich nicht im geringsten, sprang auf den Tisch und pickte eifrig einige Brotkrümel auf.

„Das ist das Huhn", sagte der Grenzwächter, „dick und fett ist es geworden; es hat seinen Caligula vergessen, so geht's nun eben."

Es war, als ob das Huhn die Worte verstanden hätte. Es richtete sich auf, sah mich an und gackerte. Und sein Gackern klang triumphierend und ironisch und endete in einem kleinen separaten Ton, der wie ein Seufzer klang.

Es sprang vom Tisch, eilte durch die offene Tür auf die Straße und der Grenze zu.

Kurz vor dem Drahtgitter stand es still und gackerte noch einmal, laut und herausfordernd.

(1883-1947; 1937)

MARIA BEIG

Der Gockel

Als die Großmutter diese Geschichte erzählte, lächelte sie zuerst ein bißchen. Auf einem schönen, großen Anwesen, so begann sie, lebte einst ein Ehepaar mit seinen drei Kindern. Manche Leute wunderten sich damals, daß es überhaupt Kinder hatte. Sie waren nämlich dort sehr sittsam: Jesus Christus im Herrgottswinkel hängten sie ein hemdartiges Tuch um. Als der Älteste von seiner Gotte [*Taufpatin*] zur Erstkommunion ein Gesangbuch bekam, riß die Bäurin die erste Seite mit dem Gekreuzigten aus. So etwas Nacktes brauche der Bub nicht dauernd zu sehen, meinte sie. Die Kinder mußten jeden Tag vor Schulbeginn am frühen Morgen zur Kirche. Auch einer der Erwachsenen ging täglich zum Gotteshaus, obwohl sie eine ziemliche Strecke Wegs zurücklegen mußten. Eine ledige Frau, die Schwester des Bauern, lebte bei ihnen. Sie wußte am meisten zu erzählen, wenn sie aus der Kirche kam. „Von den Schmidts war nun die ganze Woche keiner beim Gottesdienst. Ich glaube, Müllers haben die Wäsche über Nacht draußen hängen lassen." So hatten dann die beiden Frauen den ganzen Tag ausreichend Gesprächsstoff. Aber auch der Bauer hörte es nicht ungern, was die Leute alles falsch machten. Niemand war so recht, so ordentlich und so gottesfürchtig wie sie.

Die drei Kinder folgten einander im Jahresabstand – das Ehepaar muß einmal eine fleischliche Zeit durchgemacht haben. Der Tante glänzten ganz fromm die Augen, wenn sie zu jemandem sagte: „Jawohl, Josefsehen gibt

189

es, ich weiß es bestimmt." Josef war das älteste Kind, dann kam Emil und zuletzt die Agathe. Mit dem Josef waren sie nicht zufrieden. Wenn abends alle auf dem Stubenboden knieten – die Ellbogen auf einen Stuhlsitz gestützt, die Hände gefaltet – und den Rosenkranz beteten, krallte er die Finger ineinander und drehte die Daumen. Bekam er vom Vater deswegen eine gehörige Ohrfeige, drehte er die Daumen nur in die andere Richtung. Oft quengelte er morgens, er möchte lieber nur in die Schule gehen, oder in der Vakanz, daß er ausschlafen möchte. Josef war oft müde und litt ständig unter Kopfweh. Er kam nicht gut an, wenn er solche Wünsche äußerte.

Als er wieder einmal zur Kirche geprügelt worden war, fiel er dort um. Er verdrehte die Augen, zuckte mit den Gliedern und hatte Schaum vor dem Mund. Das geschah etwa in seinem dreizehnten Lebensjahr. In der Schule passierte es ihm auch einmal. Wie oft die Anfälle daheim auftraten, wußte man nicht, aber es sprach sich herum, daß er das Fallende Weh habe. „Gott behüte uns davor", fügte die Großmutter hinzu. Das Lernen bereitete ihm Spaß, er arbeitete auch gern, nur eben mit dem Beten haperte es.

Dort, wo sie lebten, war es sehr schön. Nur zwei Höfe lagen nah beieinander auf einer Anhöhe. Unten floß ein lustiger Bach, an dem Birken und Haselbüsche wuchsen. Saftige Wiesen erstreckten sich bis zum Waldrand, und der Wald übertraf wohl alles andere. Riesige Eichen, Buchen und Tannen spendeten im Sommer angenehme Kühle und gaben im Herbst ein prächtiges Farbenschauspiel. Dort, am Bach oder am Hang, gefiel es Josef am meisten. Besonders im Frühling konnte er davon nicht genug bekommen. Sobald er aus der Kirche kam und nichts arbeiten mußte, legte er sich unter einen Baum, beobachtete die Wolken und sah dem Spiel des Windes zu. Er hatte nie viel gesprochen. Jetzt, da er älter wurde, war er noch wortkarger. Die Leute bekamen auch immer mehr Scheu vor ihm wegen seiner Krankheit. Wer an ihr leidet, ist nämlich ein Gezeichneter. Als Josef siebzehn war, wiederholten sich die Anfälle in kurzen Abständen. Da ließen sie ihn in eine Anstalt sperren. Er bettelte und weinte und tobte: er wolle heim, er müsse an den Bach. Im Frühling wurde sein Heimweh noch schlimmer als das Falligweh, aber weder die Eltern noch die Ärzte in der Anstalt erbarmten sich seiner. Während eines besonders heftigen Anfalls erstickte er.

Daß das Unglück gerade sie, die frommen Leute, traf, konnten sie sich gut erklären. Die Tante legte es den Nachbarinnen auf dem Kirchweg auch deutlich aus: Gott bereite denen, die er liebe, den schmalen, dornigen, dafür aber sicheren Weg zur ewigen Seligkeit. Nicht wie die Faulen und Lasterhaften hätten sie die breite Straße zur Verdammnis zu gehen.

Sie trauerten Josef auch nicht besonders nach. Vielmehr jammerte die Bäurin darüber, daß man den Emil nicht habe „geistlich" werden lassen können. Das hätten sie von jeher im Sinn gehabt. Wenn Josef nur nicht krank geworden wäre! Nun müsse eben Emil Bauer sein. „Ja, am Emil ist ein Pfarrer verloren gegangen", sagten alle Leute.

Wenn er betete, und das tat er gern und viel, faltete er die Hände und hielt sie andächtig vor sein Gesicht. Er hatte eine schöne, starke Stimme. Im Religionsunterricht durfte ausschließlich er vorlesen. Sobald er aus der Schule kam, erhielt er den Auftrag, bei den verschiedenen Anlässen vorzubeten. Bei Sterbefällen in den Kammern, am Karfreitag, beim Tag der Ewigen Anbetung in der Kirche und bei Prozessionen brauchte man einen Vorbeter. Emil las und litaneite ohne jeden Fehler, nie stotterte er, laut und deutlich trug er vor, viel schöner als der Pfarrer. Er war darum schon als junger Bursche sehr geachtet. Außerdem sah er gut aus, hatte einen großen, edlen Kopf.

Von den Frauen im Haus nahm er das „Stabbrechen" an. Er konnte es allmählich sogar viel besser als die Mutter und die Tante. Wenn sie über andere Leute herzogen, hörte sich das Geschimpfe bei Emil viel schlimmer an. Nie versäumte er, die Schuld der Sünder zu finden. Auch unterließ er es nie, festzustellen, daß bei ihnen so etwas nie vorkäme. Er war redegewandt, klug und neugierig.

Agathe weinte manchmal, wenn er etwa schlecht von ihrer Freundin sprach. Oder sie sagte: „Laß doch andere Leute in Ruh!" Wenn sie fragte: „Was geht das denn uns an?" warf er ihr böse Blicke zu. So still wie Josef war Agathe gerade nicht. Wenn aber Mutter und Tante über die Leute herfielen, machte sie nicht mit. Den Frühling und den Bach mochte sie genauso gern wie ihr verstorbener Bruder.

An einem Sonntag, Agathe war bald zwanzig, fiel sie in der Kirche um. Mädchen, denen es in der Kirche schlecht wurde, merkte sich Emil sofort. Nachher wußte er „es" ganz bestimmt. Er hätte von dieser auch nichts Besseres erwartet. Als Agathe heimkam, bleich und traurig, sagte er zu ihr nur: „Komm mit." Sie mußte mit auf den Heuboden zum Verhör. „Warum bist umgefallen – hast auch das Fallende Weh?" Sie sagte nichts, schüttelte nur den Kopf. „Nicht, so, also nicht", brummte er, und

Agathe bemerkte am Tonfall, daß er das sehr bedauerte. „Wer war es?" brüllte er plötzlich. Nicht um die Welt wollte Agathe reden. Da wurde Emil brutal. Er schlug sie mit den Fäusten ins Gesicht und vor allem in den Unterleib. Nur damit sie den schrecklichen Schlägen entkam, sagte sie es. Ein Luftikus, der ab und zu bei ihnen taglöhnerte, verheiratet war und zu viel Most trank, sei es gewesen. Da trieb Emil Agathe die Leiter hinauf. Es war im Spätherbst – die Heustöcke sind da noch hoch. „Da, spring, dann geht es weg!" Agathe schreckte zurück. Der untere Stock war niedrig, höchstens einen Meter hoch lag das Heu. Drei, vier Meter ging es da hinunter. Als sie zögerte, gab er ihr einen Stoß. Fünfmal hintereinander mußte sie springen. „Jeden Tag machst du das nun . . . und trinke Essigwasser." Agathe gehorchte ihm. Am andern Sonntag war sie blaß und müde, sie bewegte sich schleppend. Sie bat darum, nicht in die Kirche gehen zu müssen. „Nur wenn du krank bist", sagte die Mutter. Am anderen Sonntag schickte sie sie wieder zur Messe. Agathe fürchtete, daß sie den Grund bekennen müßte, und machte sich auf den Weg. Während der Predigt, bei der man sitzen konnte, ging es noch gut. Aber dann, beim Evangelium, bei dem alle stehen mußten, fing es an. Die Hände wurden ihr feucht, die Stirne naß. Sie preßte den Mund fest zu, um das Erbrochene zurückzuhalten. Alle, die neben und vor ihr standen, bewegten sich auf und ab. Vor den Augen wurde es schwarz. „Niemals darf ich hinsitzen, niemals umfallen", dachte sie und klammerte sich an die Kirchenbank. Als man wieder knien durfte, ging es ihr etwas besser. Doch sie war totenbleich. Ihre Nachbarinnen schauten sie neugierig an, auch Emil hatte sie beobachtet. „Komm mit", sagte er daheim. „Das

Springen hat nicht geholfen", meinte er beim Heustock. „Es will und will nicht weg", schluchzte Agathe. „Und das Essigwasser?" „Das kann nicht helfen, jedesmal muß ich es wieder erbrechen." „Dann mußt du zur Freiin!" brüllte er. „Nein!" Agathe schrie beinahe auf. „Die Bethe hat doch unter schlimmen Schmerzen sterben müssen. Die Freiin kann es nicht immer. Bei mir ist es ja schon der dritte Monat." Da schlug ihr Emil die Faust in den Bauch. „Ich gehe weit fort, irgendwo in den Dienst, dann erfährt es niemand", wimmerte Agathe. „Es kommt doch irgendwann heraus, und das gibt es nicht!" Emil hatte so laut gebrüllt, daß er selber befürchtete, jemand könnte es gehört haben. Dann zeigte er auf den hohen Stock und sagte: „Spring!"

Es war ein kalter Herbst, der Winter hielt bereits seinen Einzug. In der Nacht auf den Montag fror es sogar. Am Morgen fielen Schnee und Regen. Emil mußte Gülle fahren und ließ daher die Grube offen. Sieben, acht Bohlen, runde Balken, lagen neben dem gräulichen Loch. Mit der Schapfe, die mit einem langen Stiel versehen war, schöpfte er ins Güllenfaß. Der Vater stand auf dem Misthaufen und warf den Mist vom Morgen auseinander. Agathe drehte den Kartoffelwascher, eine Trommel aus Eisenstäben, die halb im Wassertrog hing. Sie wusch Kartoffeln für die Schweine. Agathe drehte und drehte und weinte. Vorher hatte sie sich vom Essigwasser erbrochen, und nachher würde sie springen müssen. Emil hatte das Güllenfaß voll, er legte die Schapfe [*Gefäß mit langem Stiel zum Schöpfen*] zur Seite. Neben dem Misthaufen breitete sich eine Lache aus Mistbrühe und Regenwasser aus. Der Gockel näherte sich der zugefrorenen Pfütze, kam ins Rutschen und stakelte weiter. Da brach das Eis ein. Der Gockel geriet in Panik. Er fiel um, fing an zu gackern und zu flattern, wurde naß und fluderte dem rettenden Misthaufen zu. Den verpaßte er aber in seiner Aufregung und taumelte ins offene Güllenloch. „Agethle komm, der Gockel!" Agathe hörte „Agethle", und ein unbeschreibliches Glück durchfuhr sie: alles wird wieder gut werden! Und sie lief zur Grube.

Da unten schrie und flatterte der Gockel. Häßlich, verrückt sah er aus. „Schnell, schnell, die Schapfe!« rief Agathe. Sie stand nah am Rand, dicht bei den glitschigen Bengeln. Emil ging ein paar Schritte, um die Schapfe zu holen. Dabei trat er heftig gegen die Bohlen; sie kamen ins Rollen. Agathe tat einen Schrei.

Unten war nun alles still. Emil schrie auch, ebenso der Vater. Er hatte genau gesehen, wie Emil nach der Schapfe langte und daß Agathe ausgerutscht war. Manche Leute munkelten aber dennoch, sonst hätte ja auch die Großmutter nichts davon gewußt. Emil war jedoch so traurig und betete so laut und inbrünstig, daß niemand wagte, etwas zu denken oder gar laut zu sagen.

In den frühen Morgenstunden, um drei Uhr schon, hörte Emil Nachbars Gockel krähen. Dann konnte er nicht mehr schlafen. Einmal spazierte dieser Hahn um ihren Hof herum. Emil erschlug ihn mit einem kräftigen Prügel. Die Nachbarn waren brave Leute und meinten: „Wegen eines Gockels mußte das Agethle sterben. Kein Wunder, daß Emil keinen Gickeler mehr sehen kann." Von nun an hatte man auf keinem der beiden Höfe mehr einen Hahn. Die Eier für die Bruthennen holten sie bei anderen Leuten.

Die Großmutter wollte hier ihre Erzählung abbrechen, doch die Kinder bedrängten sie mit Fragen, wie es weiterging. „Ja nun", sagte sie, „der Emil mußte sich eine Frau suchen." Seine Tante starb, und seine Mutter bekam einen bösen Gesichtskrebs. Auch der Bauer erkrankte im Alter. Gott, dem sie so fanatisch dienten, war und blieb hart mit ihnen.

Obwohl Emil ein angesehener Mann war, tat er sich doch schwer mit der Brautschau. Über fast alle Mädchen der Pfarrei hatte er schon den Stab gebrochen. Und wegen der erbärmlich aussehenden Mutter auf dem Hof riß sich kein Mädchen mehr um ihn. So mußte er den Kuppler in eine weiter entfernte Gegend schicken. Schließlich fand dieser dann eine Frau für Emil, die etliche Jahre älter war als er. Sie heiratete ihn wohl aus Angst vor dem Ledigbleiben. Fanny – so hieß sie – brachte ziemlich viel Geld in die Ehe ein, pflegte die kranken Leute und zog neben aller Arbeit zwei Kinder auf. Das erste Kind, die Maria, war für Emil eine harte Nuß. Etwa mit vier Jahren sagte sie beim Mittagessen, als dem Alten die Suppe im Bart hängenblieb und die Alte den Mund für den Löffel schiefmachen mußte: „Der Großvater und die Großmutter sollen endlich sterben. Ich mag sie nicht mehr sehen." Fanny lachte kurz auf, denn sie dachte stündlich daran. Da schlug Emil auf den Tisch, daß alle Teller schepperten: „Statt deinem Gofen das vierte Gebot zu lehren!« schrie er seine Frau an, und sie schämte sich.

Bald danach mußte Fanny die Kleine mit in die Kirche nehmen, damit sie sich daran gewöhne. Dabei ging es Fanny aber schlecht. Keine Sekunde blieb das Kind ruhig sitzen. Hin und her drehte es den Kopf, es kletterte auf die Bank und unter die Bank. Schließlich biß es die Nachbarin unter der Kirchenbank ins Bein. Fanny mußte vorzeitig mit ihr die Kirche verlassen. „Die nehme ich

bestimmt nicht mehr mit", sagte sie daheim. „Der werde
ich das Verhalten im Gotteshaus schon beibringen",
sagte Emil und schlug das Mädchen gehörig. Aber als es
in die Schule kam, also täglich zur Kirche mußte, hatte
er auch damit keinen Erfolg. Jeden Sonntag sagten die
Leute daheim: „Dem Emil seine Maria hat wieder wüst
getan in der Kirche", und alle lachten dazu. Emil war
nämlich während des Gottesdienstes nicht nur der Vorbeter, sondern auch der Aufpasser. Wenn Kinder miteinander tuschelten oder das Gebetbuch fallen ließen,
wenn Mädchen sich gegenseitig an den Zöpfen zogen –
dann ging er vor zu den Kinderbänken, um sie an den
Ohren zu ziehen und in den Rücken zu stoßen. Manchmal zerrte er die Missetäter aus der Kirche, um sie auf
dem Friedhof zu verdreschen. Ganz schlimme Unruhe-
stifter jagte er gar heim, was ihnen lange Zeit als Schande
anhing. Alle Kinder haßten Emil. Die Eltern der Gemaß-
regelten ärgerten sich, doch niemand getraute sich, gegen
den frommen Mann aufzumucken. Um so größer war daher die Freude über das Benehmen seiner Tochter. Einmal schlüpfte Maria in eine vordere Bank, um mit einer
Freundin Bildchen zu tauschen, da ging er vor und schlug
zornig auf sie ein.

Als Maria in den oberen Schulklassen war, wurde sie
in der Kirche ruhig, um so aufsässiger aber daheim. Es
brach ein richtiger Krieg aus. Nicht ein Tag verging ohne
bösen Streit mit dem Vater. Mit der Mutter bildete sie
zwar einen Komplott gegen ihn, Fanny weinte aber eher
bei der Zankerei, als daß sie Maria helfen konnte. Sie war
sechzehn Jahre alt, schön, hatte den großen, wohlge-
formten Kopf und die blonden Haare von Emil. Auch die
feste und klare Stimme hatte sie von ihm geerbt. „Gott

ist für alle Menschen da!" schrie sie den Vater an, „nicht nur für die Kirchenspringer und Scheinheiligen. Er ist auch für die Sünder da, vielleicht sogar für die Mörder." Da wurde Emil bleich, und bald danach jagte er sie aus dem Haus.

Zum Glück hatte Fanny Verwandte in Stuttgart. Maria ging zu ihnen und suchte dort nach Arbeit. Da sie vom Vater auch die Gewandtheit geerbt hatte, bekam sie gute Anstellungen und verdiente einiges Geld.

Jedes Jahr kam sie der Mutter zuliebe an Weihnachten heim – das war für Fanny das einzige Fest im Lauf des Jahres. Mit ihrem Vater vermied Maria nun jeden Streit, sie sprachen aber auch nicht miteinander. Kaum zwanzig, heiratete Maria einen Musiker, einen gutaussehenden Mann. Sie schickte ein Hochzeitsbild heim, das Fanny stündlich einmal anschaute. Dann mußte Maria mitten im Jahr heimfahren, und zwar zur Beerdigung ihres Bruders. Er war bei der Heuernte tödlich verunglückt. Als ein Gewitter drohte, wollte Emil zwei Heuwagen zusammenhängen. Beim Donnerschlag erschraken die Pferde. Sie sprangen nach vorn, und Josef wurde zwischen den beiden Wagen erdrückt. Er war ein Stiller gewesen, wie sein Onkel Josef. Seinen Namen verdankte er wohl nicht ihm; für Emil war nichts andres möglich, als seine Kinder Maria und Josef zu heißen.

Das war nun zu viel für Fanny. Sie bekam ein Schlägle nach dem andern, diese lähmten sie und machten sie bettlägerig. Emil fand aber bald eine Haushälterin. Schon damals, bei der Brautschau, hatte er an sie gedacht, denn sie war rechtschaffen und fromm. Nach der Blamage mit Maria übernahm Berta, so war ihr Name, das Amt der Aufpasserin in der Kirche. Sie klopfte mit ihrem harten Zeigefingerknöchel an die Kinderstirnen. Trotzdem kam sie einst für Emil nicht in Frage, denn sie war ärmer als eine Kirchenmaus. Am Abend massierte Berta Emils rheumatische Beine. Er grunzte und stöhnte: „Oh, das tut gut!" „Du kannst ruhig oberhalb der Knie massieren", sagte er bald, „in den Oberschenkeln sitzt der Hauptschmerz." „Es wird immer besser«, meinte er, und zog die Unterhosen ganz aus zum Massieren. „Mit der Fanny kann es nicht mehr lange gehen", sagte Berta. »Ich wäre noch ein guter Hochzeiter", erwiderte Emil. Obwohl er die Besserung mit dem Hemd bedeckte, hatte sie Berta wohl gesehen. „Das ist meine letzte Weihnacht. Wenn nur Maria wieder einmal käme", jammerte Fanny.

Maria kam, und zwar mit ihren beiden halberwachsenen Kindern. „Ich habe mich scheiden lassen. Der Mann hat eine gefunden, die ihn besser versteht mit seiner Musik", sagte sie sofort. „Das Mädchen bleibt hier bei mir, und Wolfgang geht nach den Ferien zu seinem Vater. Die Stiefmutter wird gut zu ihm sein, und er kann Musik studieren." Fanny fing an zu weinen. Berta schrie schrill: „Geschieden, geschieden!" Emil brüllte: „Hinaus!" Doch Maria setzte sich zur Mutter, streichelte sie und sagte immer wieder, daß sie nun ganz dableibe.

Am andern Tag war Heiligabend. Wolfgang spielte auf der Geige, das Mädchen sang schön dazu. Fanny brach wieder in Tränen aus. „Warum heißt sie Agathe?" fragte Emil plötzlich. „Meine Tante hat doch so geheißen." „Sie brachte uns nur Unglück." Aber Maria sagte: „Nein, sie selber hatte Unglück." Darauf war Emil wieder still. Es wurde ein friedliches Weihnachten.

Danach durfte Berta Emils Beine nur noch bis zu den Knien massieren. Fanny erlebte noch einige

Weihnachten. Von Jahr zu Jahr kam aus Stuttgart Nachricht von den Preisen, die Wolfgang bei Musikwettbewerben gewann. Selbst Emil freute sich darüber.

Das Beste war aber die junge Agathe. Ihr gefiel der Hof und die Umgebung. „Warum haben wir denn keinen Gockelhahn? Eine Hühnerschar ohne Hahn sieht ja jämmerlich aus." „Wegen eines Hahns mußte deine Großtante sterben. Darum wollte der Großvater nie mehr einen", sagte Maria. „Das ist doch schon lange her." Und Agathe behielt gleich im ersten Sommer einen aus der Kükenschar. Auch die Nachbarn hielten dann wieder einen Gockel. Wenn Emil in der Frühe die Hähne krähen hörte, dachte er an seine Schwester Agathe und betete aufrichtig, bat um Verzeihung für seine arme Seele. Er sei ein frommer Mann geworden, sagte die Großmutter. Er wurde steinalt und erlebte noch eine weitere Generation. Der Familienname wechselte aber dort immer wieder. Es wurden auf dem Hof nur noch Mädchen geboren. Das älteste hieß jeweils Agathe.

(1920-2018; 1985)

LUIGI MALERBA

Die nachdenklichen Hühner

EIN GELBER SCHMETTERLING
belästigte ein Huhn, umgaukelte es, wenn es aus dem
Hühnerstall kam und setzte sich ihm auf den Kamm. Das
Huhn hielt das nicht mehr aus und tat nachts vor Wut
kein Auge zu. Eines Morgens machte es sich auf den
Weg und erklärte, es ginge jetzt zur Polizei, um den gelben Schmetterling anzuzeigen. Da sagte eines seiner
Mithühner, der Schmetterling habe es nur deshalb umflattert, weil er es für eine Blume gehalten habe. Das
Huhn machte kehrt und beklagte sich seit jenem Tag nie
wieder, wenn der gelbe Schmetterling es umgaukelte.

EIN LITERARISCH INTERESSIERTES HUHN
verkündete triumphierend, es habe in einer Literaturge-
schichte einen Schriftsteller namens Hyazinth Huhn entdeckt. Da meldete sich der Hahn zu Wort und sagte, sie
sollten sich bloß nichts einbilden wegen so einer Lappa-
lie.

(1927-2008; 1984)

GÜNTER GRASS

Im Ei

Wir leben im Ei.
Die Innenseite der Schale
haben wir mit unanständigen Zeichnungen
und den Vornamen unserer Feinde bekritzelt.
Wir werden gebrütet.

Wer uns auch brütet,
unseren Bleistift brütet er mit.
Ausgeschlüpft eines Tages,
werden wir uns sofort
ein Bildnis des Brütenden machen.

Wir nehmen an, daß wir gebrütet werden.
Wir stellen uns ein gutmütiges Geflügel vor
und schreiben Schulaufsätze
über Farbe und Rasse
der uns brütenden Henne.

Wann schlüpfen wir aus?
Unsere Propheten im Ei
streiten sich für mittelmäßige Bezahlung
über die Dauer der Brutzeit.
Sie nehmen einen Tag X an.

Aus Langeweile und echtem Bedürfnis
Haben wir Brutkästen erfunden.
Wir sorgen uns sehr um unseren Nachwuchs im Ei.

Gerne würden wir jener, die über uns wacht,
unser Patent empfehlen.

Wir aber haben ein Dach überm Kopf.
Senile Küken,
Embryos mit Sprachkenntnissen
reden den ganzen Tag
und besprechen noch ihre Träume.

Und wenn wir nun nicht gebrütet werden?
Wenn diese Schale niemals ein Loch bekommt?
Wenn unser Horizont nur der Horizont
unserer Kritzeleien ist und auch bleiben wird?
Wir hoffen, daß wir gebrütet werden.

Wenn wir auch nur noch vom Brüten reden,
bleibt doch zu befürchten, daß jemand,
außerhalb unserer Schale, Hunger verspürt,
uns in die Pfanne haut und mit Salz bestreut. –
Was machen wir dann, ihr Brüder im Ei?

(1927-2015; vor 1960)

Janko Messner

Hühnergeschichte

Die Hühner auf unserem Bauernhof in Dob[1] legten ihre Eier nicht in beliebige Nester. Das wäre mit einem zu großen Risiko verbunden gewesen: Wir Kinder hätten dann in wer weiß welchen finsteren Ecken der Tenne oder Streuhütte nach ihnen suchen müssen. Dabei wäre zu leicht eines übersehen oder zu spät, als faules, gefunden worden; oder wir hätten stolpern und eines zerquetschen können. Ein noch größeres Unglück wäre es jedoch gewesen, wenn die Hühner ihr Nest in der Scheune eines Nachbarn gemacht hätten. Welch unwiederbringlicher Verlust! Jedes Ei war in unserem Haus ein kleines Vermögen.

Die Mutter wußte sich aber zu helfen. Jeden Morgen kontrollierte sie die Legehennen. Dies wurde Visitation genannt. Sie kniete sich vor das Türchen des Hühnerstalls, holte die Hennen nacheinander am Flügel von der Stange und schob ihnen blitzschnell den Finger ins Hinterteil. So stellte sie fest, ob ein Ei unterwegs war. Wenn sie es spürte, mußte die Henne wohl oder übel im Käfig bleiben, wenn aber noch keines zu ertasten war, durfte sie ins Freie flattern. Dies taten die Glücklichen mit ohrenbetäubendem Gegacker, aus dem deutlich ihre Empörung über den mütterlichen Eingriff in ihre inneren Angelegenheiten und zugleich die unbändige Freude über die wiedergewonnene Freiheit herauszuhören waren.

---

[1] Dob ist der slowenische Name für Aich im Bezirk Völkermarkt in Kärnten / Österreich.

Die Eier verkauften wir alle der Kriparica, der Eierfrau. Sie zockelte alle vierzehn Tage die Dörfer der Bleiburger Pfarre ab. Auf den Scheitel legte sie sich ein Wolltuch, zu einem Ring geschlungen, dann hob sie den großen, runden Korb hoch und ließ ihn vorsichtig auf den Ring nieder. Dabei hörte man den Korb unter dem Gewicht knistern. Noch heute sehe ich ihr gütiges Lächeln, mit dem sie uns die Eier abknöpfte.

Wir Kinder erhielten nur zu allen heiligen Zeiten eine sogenannte Eierspeise auf großen Schnitten Roggenbrot: aus einem Ei für vier speichelnde Münder. Die Mutter nahm sich nie ihren Teil davon. Ich sehe sie im Geiste vor mir, wie sie am großen Eichentisch stand, der zwar schon leicht wurmstichig, aber immer ganz sauber war. Mit welcher Feinfühligkeit sie uns die gelbliche, himmlische Köstlichkeit auf die Brote legte und darauf achtete, daß um Gottes Willen nur ja keiner mehr bekam als die anderen und wir uns dann schief anschauen würden. Ich konnte lange nicht verstehen, wie sie ihr eigenes Verlangen nach dieser Köstlichkeit so zu unterdrücken vermochte.

Kürzlich sehe ich am sonnigen Radiše / Radsberg bei Klagenfurt auf dem Rogavnikhof nach langen Jahren wieder eine Glucke, wie sie ihre goldgelbe, piepsende Schar aus dem Hühnerstall auf den Rasen des Obstgartens führt. Ganz verzückt betrachte ich dieses Bild familiärer Harmonie aus alten Zeiten. Alle drei vier Schritte gluckt die Alte freudig auf, als wolle sie ihren Jungen sagen, kommt her, meine Goldschnäbelchen, ich habe schon wieder etwas für euch . . . Die Kleinen trippeln mit unsicheren Flügelschlägen von allen Seiten zu ihr, doch dort liegt bloß ein einziger kleiner Wurm, und nur dem allerschnellsten gelingt es, ihn zu erschnappen.

Die Glucke ist die ganze Zeit nicht zur Ruhe gekommen, hat unentwegt in der Erde gescharrt, einmal da, einmal dort, hingebungsvoll, geduldig, sich selbst keinen einzigen Bissen gönnend.

Da habe ich alles verstanden.

(1921-2011; 1995)

ALBERT CAMUS

Der Hühnerstall und das Abschlachten des Huhns

Dieses Kapitel ist dem erst 34 Jahre nach dem Unfalltod (1960) des Autors erschienenen fragmentarischen Roman „Der erste Mensch" (Le Premier Homme) entnommen. In ihm schildert Camus seine Kindheit und frühe Jugend in Algerien.

Diese Angst vor dem Unbekannten und dem Tod, die ihn auf dem Rückweg von der Schule immer überkam, die am Ende des Tages mit der gleichen Geschwindigkeit in sein Herz einzog wie die Dunkelheit, die schnell das Licht und die Erde verschlang – diese Angst, die erst aufhörte, wenn die Großmutter die Petroleumlampe anzündete, indem sie den Glaskolben auf das Wachstuch legte, sich etwas auf die Zehenspitzen stellte – die Schenkel an die Tischkante gelehnt, den Körper vorgebeugt, den Kopf verdreht –, um unter dem Schirm den Brenner der Lampe besser zu sehen, eine Hand an dem Kupferrädchen, das den Docht regulierte, während die andere mit einem brennenden Streichholz an dem Docht schabte, bis er nicht mehr rußte und eine schöne helle Flamme hervorbrachte. Dann setzte die Großmutter den Glaskolben wieder ein, der ein wenig an den ziselierten Zähnen der Kupferführung kreischte, in die er gesteckt wurde, und, wieder aufrecht am Tisch stehend, einen Arm erhoben, regulierte sie noch einmal den Docht, bis das warme gelbe Licht in einem vollkommenen großen Kreis gleichmäßig auf den Tisch schien und mit einem gleichsam von dem Wachstuch zurückgeworfenen, sanfteren Licht das Gesicht der Frau und das des Kindes erhellte, das auf der anderen Seite des Tisches der Zeremonie beiwohnte, und im gleichen Maße, wie das Licht sich aufhellte, wurde sein Herz langsam leichter.

Die gleiche Angst suchte er auch manchmal aus Stolz oder aus Eitelkeit zu überwinden, wenn seine Großmutter ihm unter bestimmten Umständen auftrug, ein Huhn aus dem Hof zu holen. Es geschah immer abends und am Vortag eines wichtigen Festes, Ostern oder Weihnachten oder auch der Besuch wohlhabenderer Verwandter, die man gleichermaßen ehren wie aus Anstand über die wirkliche Situation der Familie täuschen wollte. In den ersten Gymnasialjahren hatte die Großmutter nämlich Onkel Joséphin gebeten, ihr von seinen sonntäglichen Handelsexkursionen arabische Küken mitzubringen, und hatte Onkel Ernest veranlaßt, ihr hinten im Hof, direkt auf den vor Feuchtigkeit klebrigen Boden, einen klobigen Hühnerstall zu bauen, wo sie fünf oder sechs Stück Geflügel züchtete, das ihr Eier und bei Gelegenheit sein Blut gab. Beim erstenmal, als die Großmutter beschlossen hatte, eine Exekution vorzunehmen, war die Familie beim Essen, und sie hatte das ältere Kind aufgefordert, ihr das Opfer zu holen. Aber Louis [*Bruder Jacques'*] hatte sich für unzuständig erklärt, hatte ganz offen gesagt, er habe Angst. Die Großmutter hatte gegrinst und hatte diese Kinder von reichen Leuten abgekanzelt, die nicht mehr so waren wie die zu ihrer Zeit auf dem Land, die vor nichts Angst hatten. „Jacques ist mutiger, das weiß ich. Geh du." Ehrlich gesagt fühlte sich Jacques keineswegs mutiger. Aber sobald man ihn dazu erklärte, konnte er nicht zurück, und er ging an jenem ersten Abend. Er mußte sich im Dunkeln die Treppe hinuntertasten, dann sich nach links in den ebenfalls finsteren Flur wenden, die Hoftür finden und öffnen. Die Nacht war weniger finster als der Flur. Man konnte die vier rutschigen, grün gewordenen Stufen ausmachen, die in den Hof führten. Rechts ließen die Markisen des kleinen Anbaus, der die Familie des Friseurs und die arabische Familie beherbergte, ein karges Licht durch. Gegenüber erblickte er die weißlichen Flecken der auf der Erde oder auf den vollgeschissenen Stangen schlafenden Tiere. Sobald er am Stall angekommen war, in die Hocke ging und über seinem Kopf die Finger in die groben Maschen des Gitters steckte, drang ein dumpfes Gackern und gleichzeitig der lauwarme, widerliche Geruch der Exkremente hervor. Er öffnete das vergitterte Türchen direkt über dem Boden, beugte sich vor, um die Hand und den Arm hineinzuschieben, stieß voller Ekel auf den Boden oder eine besudelte Stange und zog die Hand blitzartig zurück; sein Herz schnürte sich vor Angst zusammen, sobald das Flügelschlagen und Krallenscharren der nach allen Seiten flatternden oder laufenden Tiere losging. Doch er mußte sich entscheiden, da er ja zum Mutigeren ernannt worden war. Aber diese Aufregung der Tiere im Dunkeln, in diesem finsteren und schmutzigen Winkel, erfüllte ihn mit einer Angst, die ihm den Magen zuschnürte. Er wartete, schaute über sich in die saubere Nacht, in den mit klaren und ruhigen Sternen übersäten Himmel, dann warf er sich voran, packte die erste Kralle in Reichweite, zog das von Schreien und Schrecken erfüllte Tier zum Türchen, nahm dann mit der anderen Hand die zweite Kralle und zerrte das Huhn mit Gewalt aus dem Stall, wobei er ihm schon an den Streben der Tür einen Teil seiner Federn ausriß, während sich der ganze Hühnerstall mit schrillem, kopflosem Gegacker füllte und der alte Araber wachsam in ein plötzlich sich abhebendes Lichtrechteck hinaustrat. „Ich bin's, Monsieur Tahar", sagte das Kind tonlos. „Ich hole ein Huhn für meine Großmutter." – „Ach, du bist es. Gut, ich dachte, es wären Diebe", und er ging wieder hinein und tauchte den Hof wieder in Dunkelheit. Während das Huhn wie verrückt zappelte, lief Jacques, wobei er es gegen die Flurwände oder das Treppengeländer knallen ließ, krank vor Ekel und Angst von dem Gefühl der dicken, kalten, schuppigen Haut der Krallen in seiner Handfläche, und lief auf dem Treppenabsatz und im Flur vor der Wohnung noch schneller und erschien schließlich als Sieger im Eßzimmer. Mit zerzaustem Haar, mit vom Moos des Hofes grünen Knien und vor Angst weißem Gesicht, das Huhn so weit wie möglich von seinem Körper weghaltend, hob sich der Sieger im Eingang ab. „Siehst du", sagte die Großmutter zu dem Älteren. „Er ist kleiner als du, aber er beschämt dich." Um vor berechtigtem Stolz anzuschwellen, wartete Jacques, bis die Großmutter mit fester Hand die Beine des Huhns genommen hatte, das sich plötzlich beruhigte, als hätte es begriffen, daß es nunmehr in unerbittlichen Händen war. Sein Bruder aß seinen Nachtisch, ohne ihn anzusehen, außer um ihm eine verächtliche Grimasse zu schneiden, die Jacques' Genugtuung noch verstärkte. Diese Genugtuung war übrigens von kurzer Dauer. Froh, einen mannhaften Enkel zu haben, lud die Großmutter ihn ein, in der Küche beim Abschlachten des Hühnchens dabeizusein. Sie hatte schon eine grobe blaue Schürze umgebunden und stellte, die Hühnerbeine noch immer in einer Hand, einen großen tiefen Teller aus weißem Steingut auf den Boden, zusammen mit dem langen Küchenmesser, das Onkel Ernest regelmäßig an einem langen schwarzen Stein wetzte, so daß die von der Abnutzung ganz schmale, spitze Klinge nur mehr ein funkelnder Strich war. „Setz dich da hin." Jacques nahm den angewiesenen Platz hinten in der Küche ein, während die Großmutter sich in den Eingang setzte und so dem Huhn wie dem Kind den Ausgang versperrte. Die Hüften an den Ausguß, die [linke] Schulter an die Wand gelehnt, sah es entsetzt den präzisen Gesten des Schlächters zu. Die Großmutter schob tatsächlich den Teller genau unter das Licht der kleinen Petroleumlampe, die links vom Eingang auf einem kleinen Holztisch stand. Sie legte das Tier auf den Fußboden, klemmte mit ihrem rechten Knie die Beine des Huhns fest, drückte es mit den Händen zu Boden, um es am Zappeln zu hindern, und nahm dann in die linke Hand seinen Kopf, den sie nach hinten über den Teller zog.

Mit dem Messer, das scharf wie eine Rasierklinge war, schnitt sie ihm dann an der Stelle, wo beim Mann der Adamsapfel ist, langsam die Kehle durch und öffnete die Wunde, indem sie den Kopf zur gleichen Zeit drehte, da das Messer mit einem gräßlichen Geräusch tiefer in die Knorpel eindrang, und hielt das von schrecklichen Zuckungen durchlaufene Tier ruhig, während das Blut karminrot in den weißen Teller floss und Jacques es mit weichen Knien ansah, als sei es sein eigenes Blut, das er aus sich weichen fühlte. „Nimm den Teller", sagte die Großmutter nach einer endlosen Zeit. Das Tier blutete nicht mehr. Jacques stellte den Teller, in dem das Blut schon dunkler geworden war, behutsam auf den Tisch. Die Großmutter warf das Huhn mit dem glanzlosen Gefieder, dem glasigen Auge, über das sich schon das runde faltige Lid senkte, neben den Teller. Jacques sah den reglosen Körper an, die Beine mit den jetzt vereinten Krallen, die kraftlos herabhingen, den glanzlosen, schlaffen Kamm, kurz gesagt, den Tod, dann ging er ins Eßzimmer. „Ich kann das nicht sehen", hatte sein Bruder am ersten Abend mit verhaltener Wut zu ihm gesagt. „Das ist widerlich." – „Nicht doch", sagte Jacques unsicher. Louis sah ihn zugleich feindselig und forschend an. Und Jacques straffte sich. Er verschloß sich vor der Furcht, vor dieser panischen Angst, die ihn angesichts der Dunkelheit und des grauenhaften Todes überfallen hatte, und fand im Stolz und nur im Stolz, einen Willen zum Mut, der ihm am Ende den Mut ersetzte. „Du hast Angst, das ist alles", sagte er schließlich. – „Ja", sagte die Großmutter, die hereinkam, „Jacques wird die nächsten Male zum Hühnerstall gehen." – „Gut, gut", sagte Onkel Ernest freudestrahlend, „er hat Mut." Erstarrt sah Jacques seine etwas abseits sitzende Mutter an, die über einem dicken Holzei Socken stopfte. Seine Mutter sah ihn an. „Ja", sagte sie, „das ist gut, du bist mutig." Und sie wandte sich wieder der Straße zu, und Jacques, der sie mit den Augen verschlang, fühlte wieder, wie sich das Unglück in seinem bedrückten Herzen einnistete. „Geh ins Bett", sagte die Großmutter. Ohne die kleine Petroleumlampe anzuzünden, zog Jacques sich im Schlafzimmer in dem Lichtschein aus, der vom Eßzimmer her kam. Er legte sich an den Rand des Doppelbetts, um seinen Bruder weder zu berühren noch zu stören. Von Müdigkeit und Empfindungen erschöpft, schlief er sofort ein, wurde manchmal von seinem Bruder geweckt, der über ihn hinwegstieg, um an der Wand zu schlafen, da er später aufstand als Jacques, oder von seiner Mutter, die manchmal beim Ausziehen im Dunkeln an den Schrank stieß, leise in ihr Bett stieg und so leise schlief, daß man meinen konnte, sie sei wach, und Jacques glaubte es manchmal, hatte Lust, sie zu rufen, und sagte sich, sie würde es ohnehin nicht hören, zwang sich dann, gleichzeitig mit ihr wach zu bleiben, ebenso leise, reglos, lautlos, bis der Schlaf ihn übermannte, der seine Mutter nach einem harten Wasch- oder Putztag bereits übermannt hatte.

(1913-1960; dt. 1995)

DETLEV KLEE

Hahn und Henne

Dem Hahn, der morgens sein Gefieder
der Sonne reckt aus Dunges Dunst,
scheint sein Gekrächze hehre Kunst,
ihm haucht der Mist, was uns der Flieder.

Die Hennen scharren ihm zu Füßen,
das Ei ist ihr Elysium,
sie krähen nicht und picken stumm,
als ob die Arien sie genießen.

Und wenn sie halb im Schlafe brüten,
bis an die warme Schale pocht
ein neues Leben unverhofft,
sind sie's, die Glucken, die es hüten.

(2019)

Im Zeitalter „zunehmenden Grillgeschehens"

JACK MAPANJE

Lied der Hühner

Master, einst sprachst du mit Bogen,
Mit Pfeilen und Schleudern
Und deine Hände dampften von Habichtsblut
Um Deine Hühner zu schützen.

Warum sprichst du heute mit Messern,
Und deine Hände sind klebrig von Eierschalen
Und dem heißen Blut deiner eigenen Hühner?
Willst du so Eindruck machen auf deine Gäste?

(M.J. wurde 1944 in Malawi, Ostafrika, geboren; 1981)

ALFRED POLGAR

Hühnerhof

Obwohl ich z.B. für Salami oder Backhuhn oder zarte, lichtrosa Pökelzunge mit Erbsenpüree Sympathie habe, ist es mir doch peinlich, daß man Tiere tötet, um aus ihnen Speise für Menschen zu machen. Ich empfinde, indes mir der Braten schmeckt, das Unsittliche solcher Eßfreude; ist sie doch einem grausam-schmählichen Bruch der Solidarität zu danken, die alles Lebende wider allen Tod verbinden sollte. Vielleicht müßte ich auch der Erbse gegenüber Schuldgefühle haben . . . weiß man denn, ob es ihr wirklich gar nicht weh tut, wenn sie aus dem Mutterleib der Schote gerissen und in kochendes Wasser getan wird? Doch spricht manches dafür, daß ihr das gleichgültig ist; und so wäre die Last der Schuldgefühle, unter der der schwerbepackte Mensch seine krummen Wege zwischen Ein- und Ausgang keucht, schon leichter, wenn die Gansleber (jecur anseris odorat) auf Bäumen wüchse und das Schweinerne auf Wiesen zu pflücken wäre, wie etwa das sanfte Veilchen.

Was mich in der schiefen sittlichen Position gegenüber Gebackenem und Gebratenem ein wenig stützt, ist der Gedanke, daß die Tiere am Ende doch nicht wissen, wie ihnen geschieht. Wir haben ja keine blasseste Idee von ihrer inneren Welt, von ihren Gesichten, von den Bewußtseinsformen, in denen sich dem Tier das, was die Sinne ihm zutragen, manifestiert, von der Deutung, die es seinen Wahr- und Falschnehmungen gibt. Vielleicht erscheint ihm die Schlächterhand, die es greift, nicht als Hand, nicht als Greiforgan eines physisch stärkeren Lebewesens, sondern so, wie uns eine rätselvoll mörderische Krankheit, vielleicht dünkt sie der Tod, den wir ihnen zufügen, ein „natürlicher Tod", vielleicht haben die Ochsen für das Beil, das sie schlägt, eine Art medizinischen Begriffs und einen rindslateinischen Namen, vielleicht reden die Hühner auf huhnisch bildlich von einem „Messer das den Lebensfaden abschneidet", und haben keine Ahnung, daß das in ihrem Fall gar nicht so metaphorisch ist wie sie meinen, vielleicht sterben, nach ihrer Lehre, die Tiere „am Menschen", wie wir etwa „am

Krebs". In einem Punkt sind sie ja gewiß mit uns identisch: darin, daß auch sie durchaus uninformiert darüber sind, was mit ihnen nach dem Tode geschieht.

Vielleicht sind wir auch nur Nahrung für die über uns. Vielleicht widerfährt uns, um ein paar Schraubenwindungen höher, das gleiche, was wir den Tieren tun. Vielleicht macht eine höhere Küche aus dem Geist, den wir aufgeben, Schnitzel, und verwertet die dem Körper entnommene Seele, die ja unser Besonderes ist wie etwa der Kaviar das Besondere des Störs, als Delikatesse für besser situierte Götter.

Es spricht ja unendlich viel dafür, daß wir – von einer Macht, die sich das leisten kann – gehalten sind wie das Vieh auf einem landwirtschaftlichen Hof, scheinbar frei überlassen unseren Kämpfen, Spielen, Begattungen und Meditationen und doch wohl ausgenützt zu Zwecken, die uns so undurchschaubar sind wie dem Fisch im Bottich die Zubereitung, der er entgegenlebt. Aus solch dumpfer Ahnung von einem Sinn ihres Daseins, der nicht in diesem selbst gelegen ist, erfanden ja die Menschen Götter, etablierten eine übergeordnete Welt, von der sie aufgezogen, genützt, geprügelt, abgeschlachtet und verspeist würden.

Vielleicht sehen die oberen Gewalten, von denen wir so viel wissen wie ein Hendel von der Quantentheorie, uns so, wie wir die Hühner sehen.

„Was meinen Sie, gnädiger Herr", sagt eben der Verwalter, „sollen wir diese fette Intelligenz dort schon abschlachten?"

„Nein, sie legt ja noch fleißig Eier."

„Den schwarzen Italiener werden wir, glaube ich, kastrieren müssen, er ist zu kampflustig. Außerdem bin

218

ich dafür, daß wir die ungarische Abteilung auflassen. Sie macht zu viel Gestank."

„Mein lieber Verwalter, der Hof ist überhaupt sehr verdreckt. Ich glaube, er ist in der ganzen Anlage verfehlt."

„Man müßte ihn nach modernen Prinzipien umbauen, Aber das ist eine schrecklich mühevolle und zeitraubende Arbeit."

„Freilich. Außerdem gehören nun einmal Schmutz und üble Gerüche zu einer richtigen animalischen Wirtschaft."

„Amen, gnädiger Herr! Mir macht's auch immer und immer wieder Spaß, den herzigen Dingern zuzusehen. Ich hab' wirklich Herzweh, wenn geschlachtet wird."

„Das sind Sentimentalitäten. Glaubst du denn, die dumpfen Geschöpfe wissen, wie ihnen geschieht?"

. . . Vielleicht reden ähnlich über uns, die über uns sind.

Es wäre, wenn es so wäre, jedenfalls ein Trost für Fleischesser.

(1873-1955; 1926)

Norbert Koch-Klaucke

Der Broiler ist ein Ami

Diesem Zeitungsartikel vom 13. Februar 2024 des Autors war ein anderer von ihm vorausgegangen.

Wundern Sie sich bitte nicht, dass ich Ihnen heute wieder mit dem Broiler komme. Mein Lieblingsgericht ist er wahrlich nicht. Aber ich muss bei Ihnen eine Schuld einlösen. Wie Sie sich vielleicht noch erinnern, hatte ich vor Kurzem an dieser Stelle mich über heutige Modewörter im Zusammenhang mit dem Broiler ausgelassen. [*Es ging um die neue Modeapostrophierung „ikonisch", hier im Zusammenhang mit der allgemeinen Behauptung, der Broiler sei in der DDR ein „ikonischer Begriff" gewesen*]. Doch woher der aus dem Englischen stammende Begriff nun in der DDR für das Brathähnchen kam, hatte ich nicht verraten. Denn der Broiler ist kein „Ossi" – sondern, man lese und staune, ein Ami!

Ein Leser, der sich offenbar mit der Geflügelzucht beschäftigte, hatte mir geschrieben, dass es den Broiler bereits in den 1930er-Jahren in den USA gab. Glaubt man anderen Berichten, erblickte der Begriff Broiler sogar schon im 19. Jahrhundert im fernen Amerika das Licht der Welt. So bezeichnete man angeblich in den USA um 1880 junge Hühnchen oder Hähnchen, die besonders fleischhaltig waren und sich daher gut zum Braten oder Grillen („to broil" – daher Broiler) eigneten. In den 1950er-Jahren soll in Amerika die Broiler-Industrie so richtig geboomt haben.

In meinem Handlexikon aus DDR-Zeiten, das 1982 vom Bibliographischen Institut Leipzig herausgebracht wurde, steht unter „Broiler": „Jungmasttiere beiderlei Geschlechts bei Hühnern … mit intensivem Wachstum, hohem Fleischertrag und geringem Futteraufwand." Klar, dass man solche Superhühner auch in der DDR haben und züchten wollte. Doch wie kam das Ami-Huhn nun in den Osten?

Mindestens drei verschiedene Geschichten fand ich dazu. In der ersten wird erzählt, dass man in den 1960er-Jahren im Ostblock versuchte, das Ami-Huhn nachzu-züchten. Da dies offenbar nicht gelang, wurden nun die ersten Tiere aus den USA über Bulgarien in den Osten importiert. Und so kam der Broiler in die DDR. Glaubt man der zweiten Geschichte, hatte Staatschef Walter Ulbricht zu jener Zeit eine Broiler-Mastfabrik nach amerikanischem Vorbild in Jugoslawien besucht und so die Zucht-Lizenzen für die DDR erworben.

Ich vermute, dass die dritte Version der Geschichte eher zutrifft. Demnach gelang es einem bulgarischen Geflügelzuchtbetrieb in den 1960er-Jahren, ein Hähn-chen auf den Markt zu bringen, das innerhalb von zehn Wochen stolze 1,5 Kilogramm auf die Waage brachte und genau dem US-Vorbild entsprach. In Anlehnung an das amerikanische Vorbild nannte man das Produkt auch Broiler. Und diese Mastzucht übernahm die DDR – samt Namen, möglicherweise um diese Brathähnchen auch im Westen vermarkten zu können.

Und nicht nur wir Ostdeutschen sagen seitdem zum Brathähnchen Broiler. Auch in Finnland gibt es diese Be-zeichnung. Egal, auf welchem Weg der Broiler nun in die

DDR kam: Fakt ist, dass der Begriff oder Markenname keine ostdeutsche Wortschöpfung ist, wie so viele heute noch glauben.

Katja Lange-Müller

Broiler-Requiem

Die Luft, geschwängert vom Duft entwichener Broiler-
seelen –
hilf Hühnergott, daß sie dich nicht verfehlen.
Armes, entbeintes KIM[1]-Getier –
runtergegurgelt, ersoffen im Bier.
Ans Ohr schlagen Dochtflammen tausender Kerzen
Legionen gesottener Hühnerherzen.
Entsetzlich entsetzt sehn meine Pupillen
den Grillschrank mit rosigen Klümpchen sich füllen.
Solch nackt-zartes Totsein tut mir so weh,
ich löffel bekümmert am bittren Kaffee.
Vis-à-vis halten klodeckelriesige Pfoten
einen halben der knusprigen Toten.
Ironie ist selbst für den Eingang das Wort
es flattert die Flügeltür immerfort.
Da kommen sie rein, Huhngier im Blick –
da gehen sie raus, Knochen (nicht ihre)
bleiben zurück.   (geb, 1951; 1975)

---

[1] In der DDR = **K**ombinat **I**ndustrielle **M**ast

BARBARA FRISCHMUTH

Du lieber Gockel

Aus welchem Korb kommt der denn gefallen, Federn gerupft und Kamm abgeschwollen? Kein roter Zinshahn, vielmehr ein versengter Kapaun, bildlich gesprochen. Realiter ein Schlappschwanz, dem der Hennenverwalter die Amputation angedroht hat. Das Gegacker der Zukurzgekommenen war laut, jedoch enden wollend. Kein Wunder, bei so viel Mist bleibt selbst den Hennen der Ton weg.

Dabei hatte alles so aussichtsreich begonnen. Ein geradezu märchenhafter Auftakt: nicht Lerche noch Nachtigall, ein Hahnenschrei diente als Zeitmesser. Kein Fuchs in der Nähe, kein Marder als Mörder tätig, das Nest bereitet. Das war es wohl, nämlich dass viel zu lange Stroh gedroschen wurde, anstatt die Sache an den Eiern aufzuhängen. Produktion ist gleich Zukunft. Der Kückenmarkt muss überschwemmt werden, um kollateralen Ausfällen gegenzusteuern. Das geht selbst in ein Spatzenhirn, geschweige denn in eine Gockeldenkmaschine.

Was da wohl abgegangen ist in der Stallgasse? Versautes Gelände, geschenkt, aber üblicherweise interessiert sich kein Schwein dafür, wonach ein Hahn kräht.

Der Mann im Hahnentritt-Sakko, Pfeffer und Salz, oder waren es Fischgräten? Ein Doktor Mabuse der Geflügelindustrie hatte seine schmutzigen Krallen im Spiel, sprach von anstehender Erhöhung der Besamungsleistung und Verknappung des individuellen Lebensraums, sprich: Legebatterie, was Hahn Hubert vollends das Herz brach.

Mabuse erwog, Einzelflieger unter den Rabenvögeln als Kopulationshilfen anzustellen. Gute Idee, selbst wenn der Erfolg vorderhand am genetischen Code scheiterte, der sich als inkompatibel erwies. Vorderhand, wie gesagt. Mabuse beschloss, weiter an dem Projekt zu arbeiten.

Die Saturiertheit des Hausgeflügels wirke nicht nur der natürlichen Auslese, sondern auch der gesteuerten Produktion entgegen. Erste Maßnahme: Alle Hähne auf eine gezielte Eiweißdiät setzen, um Energie anstatt Fett zu speichern! Beziehungsweise: Strenge Trennung zwischen Mast- und Reproduktionsgeflügel!

Einer aus den oberen Rängen der Fuchshierarchie appellierte ans Artenministerium, man möge es ihnen nicht zu leicht machen. Bei so viel Überschuss an Geflügelabfall müsse man auch bei den Füchsen mit einem empfindlichen Absinken der Populationsrate rechnen, da automatisch das Gesetz der Trägheit in Kraft trete, und das sei – wie bekannt – nur sehr schwer außer Kraft zu setzen. Auch sei dadurch der Fuchsbandwurm in Mitleidenschaft gezogen, wissenschaftlich gesprochen: die Echinokokken, die beim Menschen als Hakenlarven auf dem Blutweg in Leber oder Blase streben, die aber original in den Eingeweiden jagender Füchse zu Hause sind.

Hahn Hubert machte in einer Talkshow, die vom Sozialfonds zur Erhaltung bergbäuerlicher Lebensweise gesponsert wurde, beträchtlich Quote, indem er wortreich die Zeiten beschwor, in denen ein Hahn Herr über den

eigenen Haufen war und auch noch anderes als Hühner-
ärsche zu Gesicht bekam. Er drücke sich deshalb so dras-
tisch aus, um den geschätzten Flachbildkonsumenten einen Eindruck von der lustlosen Fron sexueller
Überforderung zu vermitteln.

„Stellen Sie sich vor", sagte er, an die männliche Zu-
schauerschaft gewandt, „Sie haben es nur noch mit Loch-
karten zu tun, wo früher ein paar widerständige Federn,
die in verschiedenen Farben leuchteten, einen Hauch von
individueller Erfüllung suggerierten. So viel zu der Tat-
sache, dass die Bedingungen im Reproduktionsbereich
längst nichts mehr mit irgendwelchen Vorstellungen
vom *Himmel auf dem Hühnerhof* zu tun haben."

Huhn Hemma erwähnte er aus Gründen des Rechts auf
Privatheit in diesem Zusammenhang nicht. Erst ein Ge-
sellschaftskolumnist des Magazins „Gackeleia" ent-
lockte ihm während eines längeren Interviews dieses in-
time Detail. Somit aus der Anonymität des Stallbereichs
in die mediale Öffentlichkeit gezerrt, entpuppte Hemma
sich als gewiefte Kampfhenne, die mit der Zumutung,
ein Leben als Legemaschine zu führen, scharf, jedoch
einleuchtend ins Gericht ging. Was die Gegner jeder Art
von *Hennenismus* nur in der Ansicht bestärkte, dass einzig die Ideologielastigkeit von Huhn Hemma Hahn Hu-
berts Erektionsfähigkeit beeinträchtigt habe. Hemma re-
vanchierte sich auf ihre Weise, indem sie einer der
herumstehenden und stets kopulationsbereiten Krähen
ein Auge aushackte.

Mabuse lächelte leutselig. Ohne gelegentliches Geplän-
kel gehe es bei revolutionären Veränderungen im

evolutionären Sektor natürlich nie. Das liege in der Natur der Sache, aber gerade diese Natur zu verändern sei vordringliche Aufgabe des von ihm geleiteten Instituts. In Kenntnis von dessen Bedeutsamkeit habe man ihm von höchster behördlicher Stelle Unterstützung zugesagt, siehe das Projekt mit den nicht im Schwarm fliegenden Rabenvögeln.

Hubert und Hemma waren nicht die Einzigen, die zeitweise in schwarze Melancholie verfielen. Im Zuge früherer Modernisierungsschübe war es dem Geflügel schon seit geraumer Zeit untersagt, menschliche Behausungen zu betreten, was zur Folge hatte, dass die beiden Arten sich einander immer mehr entfremdeten und ihre Begegnungen bloß noch über die Nahrungsaufnahme und den Verdauungstrakt stattfanden. Sei es, dass Hühner sich geschrotete Knaben (siehe ‚Max und Moritz‘) oder Menschen sich gesottene Hühner einverleibten, eine – zugegeben – nicht gerade aufs persönliche Gespräch ausgerichtete Art der Beziehungspflege.

Huhn Hemma, deren Auffassungsgabe um einige Schnabellängen besser funktionierte als die von Hahn Hubert, fasste das Auseinanderdriften von Ideal und Wirklichkeit in einem Ausspruch zusammen, der sie um mehrere Kückengenerationen überleben sollte, indem sie angesichts zunehmenden Grillgeschehens seufzend anmerkte: „So ist das heutzutage: Der rote Hahn fliegt himmelwärts, und auf Erden brutzeln die Bürzel.“

Und Hahn Hubert? Der träumte noch immer von arterhaltender Überproduktion, bei der die Farbe seiner Schwanzfedern sich so oft wiederholen würde, dass sie bei der Beschreibung des Huhns an sich tonangebend wäre.

In Wirklichkeit tröpfelte er und erfüllte sein Soll mitnichten. Weder bei Hemma noch in der Besamungszelle, Symptom einer Gesellschaft des Überangebots. Und so suchte er vorübergehend Zuflucht bei einem in die Jahre gekommenen Suppenhuhn, das ihn zwar verbal stimulierte, im Fleisch jedoch dermaßen fasrig blieb, dass die Liaison auf platonischer Ebene verdampfte.

Der richtige Zeitpunkt, eine Fernsehserie zu konzipieren, die den Problemstand auf leicht humorvolle Weise einem geneigten Publikum internationalen Zuschnitts nahezubringen versuchte. Ironie des Schicksals: Was Hubert und Hemma in der Dokumentation nicht geschafft hatten, vermittelten sie in der Soap dermaßen glaubwürdig, dass sie zum Idol sämtlicher Legebatterien wurden, was bedeutete, dass die meisten nachfolgenden Kücken im Identifikationsrausch, sei es mit Hemma, sei es mit Hubert, gezeugt wurden.

Hubert und Hemma war in Wirklichkeit nichts als Sublimierung geblieben, während die Jugend die Augen schloss und in Gedanken an das Star-Paar an der erforderlichen Kückenschwemme arbeitete.

So kam es, dass es auch weiterhin weder an Grill- noch an Backware mangelte. Von Suppenhühnern gar nicht zu reden, die blieben ohnehin weltweit übrig. Nur bei den herausragenden Gockeln, den sogenannten Vererbern, gab es gelegentlich Engpässe. Da sprangen dann mit der Zeit die Hemmas ein nach dem Merksatz der Kalenderliteratur: „Wo kein Hahn kräht, da krähen die Hennen."

So wurde der Bestand nicht nur gesichert, sondern auch vermehrt, und die Beziehung zu den geflügelverarbeitenden Betrieben blieb nachhaltig.

Hubert und Hemma ereilte das Schicksal vieler Prominenter. Einerseits medial unsterblich, andererseits über das Alter von Hühnchen und Hähnchen längst hinaus, endeten sie in der Pastetenabteilung, die sie schließlich, eingedost und mit einer Verkaufsschleife versehen, die ein Standfoto aus ihrer vorletzten Soap zierte, auf den Markt warf beziehungsweise ihrer Bestimmung übergab.

(geb. 1941; 2010)

Hugo Loetscher

Das Huhn und das Sonnenlicht

Es kennt nicht den Frühling, der den Boden auftaut, so daß die Erde nachgibt und das Scharren ermöglicht. Doch das Huhn scharrt auch in dieser Bestallung. Wie den kalten Tagen keine folgen, die weniger frisch sind, lösen keine warmen die lauen ab. Der Boden kommt mit trocknender Wärme nicht zu Staub, in dem es baden würde; trotzdem wälzt sich das Huhn. Da es keine Jahreszeiten kennt, gibt sein Boden keine Würmer her, wenn es scharrt, und es laufen keine Käfer über ihn, denen es nachlaufen könnte, die Luft ist nicht voll

Samen, und es liegt auch nirgendwo ein Stück Holz oder Papier, das es anpickt. Die Rinne wird regelmäßig nachgefüllt, mit Preßfutter und einem Mehl, das nach Fisch riecht. Das Huhn frißt sich satt. Der Magen ist so rasch gesättigt, daß die Beine es nicht realisieren und weiter auf Nahrungssuche gehen. So pickt das Huhn an einer zufälligen Nachbarin, rupft ihr eine Feder aus, läßt diese zu Boden fallen oder schluckt einen Flaum. Oder es hebt ab vom Boden, flattert los auf ein Insekt an der Wand, auch wenn dieses nur ein schwarzer Punkt ist. Es setzt auch hier drinnen die Füße abwechslungsweise voreinander; aber plötzlich möchte es nicht nur gehen, sondern laufen und dazu mit den Flügeln schlagen, doch dann kommt es mit denen ins Gedränge, die ihrerseits mit ihren Flügeln ausholen. Und wieder steht es auf einem Bein und kratzt sich am Kopf. Hört es den Schritt des Angestellten, läuft es zur Tür und jagt die andern, die auch zur Tür wollen. Erscheint der Mann, knickt das Huhn in den Gelenken ein, bildet mit Kopf, Hals und Rücken eine gerade Linie und hält die Schwanzfedern leicht nach unten geneigt. Ob der Mann zur Begrüßung das Huhn gänzlich zu Boden drückt oder es unbeachtet läßt, nach dem Sich-Ducken richtet es sich auf, schüttelt sich und seine aufgeplusterten Federn, als wäre es von einem Hahn bestiegen worden. Wie es keine Jahreszeiten kennt, kennt es auch keine Tagesrhythmen. Den Tag eröffnet nicht ein Gockel, der mit seinem Krähen die Sonne weckt, sondern eine Schaltuhr macht Licht. Die Lampe geht nicht auf und nicht unter, sondern an und aus. Nur einmal, als aus Versehen eine stärkere Birne eingeschraubt wurde, legte sich das Huhn zum Sonnenbaden hin. Aber dann kehrte das Licht mit weniger Watt zurück. Und wieder war es in der Frühe schummrig und schummrig am Mittag, der Abend war dämmrig wie die vorangegangenen Stunden, die dämmrig waren wie die vorangegangenen Tage. Zwölf Stunden dauert der Tag, und an diesen langen Tagen schüttelt das Huhn zwischendurch den Kopf. Es sucht Material für ein Nest, das bereits existiert und ohne sein Dazutun gebaut wurde. Wie lange es auch scharrt, es legt keine Mulde frei. Es pickt von den Kehllappen eines andern Huhns Futterreste, zerrt an seinem Kamm, klettert auf ein drittes und bleibt kurz oben stehen. Wenn es von der Futterrinne zum Trinknippel wechselt, verdrängt es andere, die sich dort drängen, und an der Rundtränke wird es von andern beiseitegeschoben und zur Futterrinne zurückgestoßen, und auf diese Weise drehen sie sich im Kreis und rotieren. Jedes Tun und jeden Tag aber begleitet es mit Gakeln, mit dem „geek" und „gaik" des Hackaufschreis und dem rangverkündenden „ga-gaak". Unvermittelt steht es da, die Flügel in Spreizstellung, ohne diese aufzufächern, plötzlich stößt es mit beiden Füßen ab, läßt die Krallen nach vorn schnellen und versetzt einem andern Huhn Tritte. Wird es selber gehackt, setzt es zur Flucht an, aber es gibt keinen schützenden Ort, da der Käfig als Ganzes Schutz ist. Dann läuft das Huhn einer Wand entlang, den Kopf gegen die Mauer gerichtet, als gälte es etwas zu erlauschen. Die Henne, die sich ihm in den Weg stellt, holt mit ihren Flügeln aus und schlägt sich an der Mauer einen Knochen lahm. Nun läuft das Huhn gegen das Gitter an; obwohl es nicht weiterkommt, laufen die Beine weiter. Es versucht hinauszusteigen, drückt sich gegen zwei Stäbe, der Schnabel und der vordere Brustkorb gelangen ins Freie, wo hinter dem Bedienungsgang der nächste

Käfig beginnt. Und dann steht das Huhn wieder da, läßt den Kot auf ein Blech fallen, pickt am Isolierkitt und kratzt sich am Kopf und zupft an Federn, deren Spitzen abgebrochen sind. Und es ordnet sich ins Drängeln ein. Bis es seinen Kopf anzieht, ihn nach hinten wendet, den Schnabel unter die Flügel steckt und wartet, bis die Schaltuhr Nacht einschaltet. Aber einmal hat das Huhn das Sonnenlicht erblickt. Als es mit andern in ein Transportgitter gescheucht wurde und sich dort in eine Ecke duckte, wo kein Platz zum Sich-wenden und zum Aufstehen war. Diese Kiste stand in der Mittagshitze draußen unterm Firmenschild, auf andere gackernde Kisten gestapelt, die ebenfalls auf den Verlad warteten. Ein Strahl drang durch das Gitter und traf das Huhn. Es schloß die Augen und öffnete sie gleich wieder, bewegte seine Lider auf und ab, zuckend und schauend. Das Huhn drückte seinen Hals durch zwei Stäbe; noch nie waren sein Kamm und seine Kehllappen so rot gewesen. Es zwängte seinen Kopf durch und pickte nach dem Licht. Die Sonne schlug in seine Augen wie ein Blitz. Später folgt der Schlag des elektrischen Bolzens und danach der Haken an der Laufschiene, der zum ersten Mal halt macht bei der Rupfstation.

(H. L. 1929-2009; 1989)

REINER KUNZE

Wo wir wohnen
(für Felix, den Enkel)

Dort wo am morgen der hahnenschrei
die autos im tal
Um ein winziges übertönt

Um ein winziges

Komm, dem hahn zu helfen

(geb. 1933; 1979)

Autoren- und Quellenverzeichnis

Abraham a Sancta Clara (eig. Johann Ulrich Megerle), geb. 1644, gest. 1709, deutscher Kanzelredner und wortgewaltiger Schriftsteller des Barock. *Das Hühnerwunder auf dem Jakobsweg* * (S. 33) in: „Hui! und Pfui! der Welt: Hui, oder Anfrischung zu allen schönen Tugenden. Pfui, oder Abschreckung von allen schändlichen Lastern. Durch unterschiedliche Concept, Historien, und Fabeln vorgestellt, worinnen der Poet, Prediger und waserlei [*alle möglichen*] Standespersonen für ihren Kram etwas finden können". Passau 1836" [zuerst 1707]

Andersen, Hans Christian, geb. 1805, gest. 1875, dänischer Dichter und Schriftsteller. *„Es ist ganz gewiß!"* (S. 53) in: H.C.A.: „Sämmtliche Märchen. Einzige vollständige vom Verfasser besorgte Ausg.". 13. vermehrte und verbesserte Auflage. Leipzig o.J. [um 1873], S. 103-104

Bäumer, Erich, geb. 1897, gest. 1972, deutscher Landarzt und Fachbuchautor, bes. über Hühner. *Es ist dumm, vom „dummen" Huhn zu reden* * (S. 174) in: E.B.: „Das ,dumme' Huhn. Verhalten des Haushuhns". Stuttgart 1964. Abdruck mit freundlicher Genehmigung der Franckh-Kosmos Verlags-GmbH & Co. KG, Stuttgart

Beig, Maria, geb. 1920, gest. 2018, deutsche Schriftstellerin und bedeutende Vertreterin deutschsprachiger Dorfprosa. *Der Gockel* **(S. 189)** in: M.B.: „Urgroßelternzeit. Erzählungen". Sigmaringen 1985; S. 94-104. Abdruck mit freundlicher Genehmigung von Frau Uta Pichler, Immenstaad.

Binkenstein, Sandra, geb. 1986, Kolumnistin und Redaktionscoach bei der Nordwest-Zeitung, Oldenburg. Ihre Kolumne „Warum wir Hühner einfach lieben müssen" erschien am 30.10.2023 in allen Ausgaben der Zeitung. Auszug aus ihr auf **S. 18** mit freundlicher Genehmigung der Autorin.

Bonsels, Waldemar, geb. 1880, gest. 1952, deutscher Lyriker, Dramatiker und Erzähler, Autor der Biene-Maja-Romane „Die Biene Maja und ihre Abenteuer" und „Himmelsvolk" (1912, 1915). *Das Huhn im Schützengraben** **(S. 135)** in: „Tiergeschichten aus dem Weltkrieg". Teil 1. Stuttgart o.J. [1916], S. 50-53. Der Originaltitel der Erzählung lautet „Das Huhn von Myta".

Botsky, Katarina, geb. 1879, gest. 1945 (B. kam vermutlich bei der Einnahme Königsbergs durch die Rote Armee im Frühjahr 1945 um.), deutsche Schriftstellerin aus Ostpreußen. *Die Ziege und das Huhn* **(S. 145)** in: „Simplicissimus", Jg. 23. 1918, Heft 20, S. 234-235

Brentano, Clemens, geb. 1778, gest. 1842, deutscher Dichter der Spätromantik. Die Inhaltsangabe von *Gockel, Hinkel und Gackeleia* **(S. 151)** wurde von der Wikipedia-Textdatenbank „https://de.wikipedia.org/wiki/Italienische_M%C3%A4rchen#Zitierte_Textausgabe" übernommen. Zugriff am 04.11.2024.

Britting, Georg, geb. 1891, gest. 1964, deutscher Schriftsteller. *Der Hahn* (**S. 170**) in G.B.: „Rabe, Ross und Hahn", Band 2, S. 56, aus G.B.: „Sämtliche Werke in 23 Bänden". Verlag Georg-Britting-Stiftung, Höhenmoos 2008. Abdruck mit freundlicher Genehmigung der Stiftung.

Brüder Grimm (Jacob geb. 1785, gest. 1863; Wilhelm geb. 1786, gest. 1859), u.v.a. deutsche Märchensammler. *Das Lumpengesindel* (**S. 48**) in: „Kinder- und Hausmärchen, gesammelt durch die Brüder Grimm". Erster Band. Große Ausg. Achte Aufl., Göttingen 1864, S. 88-90

Bulgakow, Michail A., geb. 1891, gest. 1940, russischer Schriftsteller. *Die Hühnerseuche** (**S. 156**) aus der Erzählung „Die verhängnisvollen Eier" (auch u.d.T. „Das Verhängnis"). Ins Deutsche übersetzt von Axel Dornemann.

Busta, Christine, geb. 1915, gest. 1987, österreichische Schriftstellerin. *Der Hahn* (**S. 35**) aus: Christine Busta, Der Regenengel. © Otto Müller Verlag, Salzburg 1988

Camus, Albert, geb. 1913, gest. 1960, französischer Schriftsteller. *Der Hühnerstall und das Abschlachten des Huhns* (**S. 206**) aus: A.C.: Der erste Mensch. Roman. Deutsch von Uli Aumüller. © 1995 by Rowohlt Verlag GmbH, Hamburg

Droste-Hülshoff, Annette von, geb. 1797, gest.1848, deutsche Dichterin. *Kom Liebes Hähnchen* (S. 116) in: A. von D.-H.: „Historisch-kritische Ausgabe. Teil 2: Gedichte aus dem Nachlaß". Tübingen 1994, S. 90

Eichendorff, Joseph von, geb. 1788, gest, 1857, deutscher Dichter der Romantik aus Schlesien. *Wann der Hahn kräht* **(S. 115)** in: J.v.E.: „Werke in einem Band". München und Wien 1977

Fontaine, Jean de La, geb. 1621, gest. 1695, französischer Fabeldichter. *Das Rebhuhn und die Hähne* **(S. 39)** in: „Lafontaines Fabeln". Übersetzt von Ernst Dohm. Berlin 1913

Fontane, Theodor, geb. 1819, gest. 1898, deutscher Schriftsteller, Journalist und Kritiker des späten Realismus. *Der Kranich* **(S. 123)** aus: „Gedichte von Theodor Fontane". Berlin 1851, S. 29

Frischmuth, Barbara, geb. 1941, österreichische Schriftstellerin. *Du lieber Gockel* **(S. 223)** in: B.F.: „Die Kuh, der Bock, seine Geiss und ihr Liebhaber. Tiere im Hausgebrauch". Aufbau, Berlin 2010. © Aufbau Verlage GmbH & Co. KG, Berlin 2010

Gotthelf, Jeremias, geb. 1797, gest. 1854, Schweizer Erzähler des Realismus. *Zwei Eier an einem Tage von zwei Hühnern im Winter, selb ist ein rar Ding* '* **(S. 118)** aus J.G.: „Käthi die Großmutter oder Der wahre Weg durch jede Not. Eine Erzählung für das Volk". Basel 1958

Grass, Günter, geb. 1927, gest. 2015, deutscher Schriftsteller, Maler und Graphiker. *Im Ei* **(S. 202)** in G.G.: „Gedichte und Kurzprosa I". Neue Göttinger Ausgabe. © Steidl Verlag Göttingen 2020. © Günter und Ute Grass Stiftung, Lübeck 2020

Greinz, Rudolf, geb. 1866, gest. 1942, österreichischer Schriftsteller. *Der Gockel. Eine Skizze* **(S. 138)** in: „Daheim. Ein deutsches Familienblatt", Heft 8. 1918, S. 80-83

Herloßsohn, Karl, geb. 1802, gest. 1849, deutscher Schriftsteller und Herausgeber des sog. Vormärz. *Hahn und Henne. Liebesgeschichte zweier Thiere* **(S. 70)**. Auszug aus „Hahn und Henne. Liebesgeschichte zweier Thiere. Von C. Herloßsohn". Leipzig 1830

Hille, Peter, geb. 1854, gest. 1904, deutscher Schriftsteller. *Die Henne zeigt durch Gackern an* **(S. 161)** in P.H.: „Sämtliche Briefe. Kommentierte Ausgabe", herausgegeben und bearbeitet von Walter Gödden und Niels Rottschäfer. Bielefeld 2010, S. 371

Kirschweng, Johannes, geb. 1900, gest. 1951, deutscher Schriftsteller. *Habicht überm Hühnerhof* **(S. 177)** in: J.K.: „Gesammelte Werke. Neunter Band: Betrachtungen. Essays. Feuilletons 1". Bearbeitet von Lorenz Drehmann und Karl August Schleiden. Saarbrücken 1983, S. 95-98

Klee, Detlev. *Hahn und Henne* **(S. 213)** auf: „www.luxautumnalis.de" (Zugriff am 7.11.2023). © Detlev Klee, Frankfurt am Main. Abdruck mit freundlicher Genehmigung des Autors.

Koch-Klaucke, Norbert, deutscher Journalist. *Der Broiler ist ein Ami* **(S. 220)** erschien als eine Kolumne in: Berliner Zeitung / Berliner Kurier, Nr. 37, 13. Februar 2024. Abdruck mit freundlicher Genehmigung des Autors.

Krylow, Iwan A., geb. 1769, gest. 1844, russischer Fabeldichter. *Der Geizhals und die Henne* **(S. 42)** in: „Krylóf's sämmtliche Fabeln". Aus dem Russischen übersetzt und mit einer Einleitung begleitet von Ferdinand Löwe. Leipzig 1874, S. 158-159

Kunze, Reiner, geb. 1933, deutscher Schriftsteller. *Wo wir wohnen* **(S. 232)** aus ders.: „auf eigene hoffnung. gedichte". © S. Fischer Verlag GmbH, Frankfurt am Main 1981. Mit freundlicher Genehmigung der S. Fischer Verlag GmbH, Frankfurt am Main

Lange-Müller, Katja, geb. 1951, deutsche Schriftstellerin. *Broiler-Requiem* **(S. 222)** in: „100 Gedichte aus der DDR". Herausgegeben von Christoph Buchwald und Klaus Wagenbach". Berlin 2009. © Katja Lange-Müller

Leifhelm, Hans, geb. 1891, gest. 1947, deutsch-österreichischer Schriftsteller. *Hahnenschrei* **(S. 129)** in: „Hahnenschrei. Gedichte von Hans Leifhelm", Berlin und Leipzig 1926, S. 5

Lengerke, Cäsar von, geb. 1803, gest. 1855, deutscher evangelischer Theologe und Lyriker. *Vom armen Hahn* **(S. 126)** in: „Gedichte. Von Caesar von Lengerke. Gesamtausgabe". Danzig 1843, S. 234

Liebl, Franz, geb. 1923, gest. 2002, deutscher Schriftsteller aus dem Sudetenland. *Die Hühner* **(S. 151)** in: „Sudetenland. Vierteljahresschrift für Kunst, Literatur, Wissenschaft und Volkstum". 28. Jg. 1986. Heft 3, S. 197-199

Loetscher, Hugo, geb. 1929, gest. 2009, Schweizer Schriftsteller und Journalist. *Das Huhn und das*

Sonnenlicht (**S. 228**) aus: Hugo Loetscher, Die Fliege und die Suppe und 33 andere Tiere in 33 anderen Situationen. © 1989, 1997 Diogenes Verlag AG Zürich

Malerba, Luigi, geb. 1927, gest. 2008, italienischer Drehbuchautor, Journalist und Schriftsteller. *Ein gelber Schmetterling / Ein literarisch interessiertes Huhn* (**S. 201**) in: L.M.: „Die nachdenklichen Hühner. 131 kurze Geschichten". Aus dem Italienischen von Elke Wehr und Iris Schnebel-Kaschnitz. © 1984, 1995, 2009 Verlag Klaus Wagenbach, Berlin

Mapanje, Jack, geb. 1944, malawischer Schriftsteller. *Lied der Hühner* (**S. 216**) in: J.M.: „Of chameleons and Gods / Und Gott ward zum Chamäleon". Mit einem Nachwort von Jürgen Strasser. Aus dem Englischen übertragen von Helmuth A. Niederle und Jürgen Strasser. Drava Verlag. Klagenfurt 2008. Abdruck mit freundlicher Genehmigung des Verlages.

Messner, Janko, geb. 1921, gest. 2011, österreichischer, sowohl auf Deutsch als auch auf Slowenisch schreibender Schriftsteller aus Kärnten. *Hühnergeschichte* (**S. 204**) aus: J.M.: „Schwarzweisse Geschichten", S. 242-244. © Wieser Verlag, Klagenfurt 1995

Meyer, Alfred Richard, alias Munkepunke, geb. 1882, gest. 1956, „deutscher Lyriker, Schriftsteller, Verleger, Buchgestalter, Bibliophile, Übersetzer, Gastrosoph und Lebenskünstler" (so die Webseite für den Autor: „www.munkepunke.de"; Zugriff am 6.11.2024). *Die deutschen Hühner im Kriegsjahr 1915* (**S. 133**) in: „Neue deutsche Bilderbogen für Jung und Alt", Jahrgang

1915/16, Nr. bzw. S. 47. Abdruck mit freundlicher Genehmigung der Rechteinhaber.

Morgenstern, Christian, geb. 1871, gest. 1914, deutscher humoristisch-satirischer Lyriker mit grotesk-phantastischem Einschlag. *Das Huhn* **(S. 130)** in C.M.: „Alle Galgenlieder: Galgenlieder, Palmström, Palma Kunkel, Gingganz". Wiesbaden 1952

Mörike, Eduard, geb. 1804, gest. 1875, deutscher Lyriker und Schriftsteller zwischen Romantik und Realismus. *Auf ein Ei geschrieben* **(S. 117)** in: E.M.: „Werke in einem Band". München 1977, S. 223-224

Mühsam, Erich, geb. 1878, gest. 1934, deutscher sozialistischer Schriftsteller. *Disput* **(S. 131)** in: E.M.: „Sammlung 1898-1928". Berlin 1928. Darin im Ersten Teil: Verse, Beschauliche Weisheit.

Nießen-Deiters, Leonore, geb. 1879, gest. 1939, deutsche Schriftstellerin und Journalistin. *Närrische Hühner* **(S. 162)** in L.N.-D.: „Die Unschuld vom Lande und andere nette Geschichten". Stuttgart und Berlin o.J. [²1919], S. 108-115

Norwegisches Märchen. *Das Huhn, das nach dem Dovrefjeld wollte, damit nicht die Welt vergehen sollte* **(S. 56)** in: „Norwegische Volksmährchen, gesammelt von P. Asbjörnsen und Jörgen Moe". Deutsch von Fried(e)rich Bresemann. Mit einem Vorwort von Ludwig Tieck. Erster Band. Berlin 1847, S. 118-121

Petőfi, Sándor, geb. 1823, gest. 1849, ungarischer Nationaldichter mit slowakischen Wurzeln. *Meiner Mutter Henne* **(S. 122)** in: „Petőfi's Poetische Werke. Mit

Beiträgen namhafter Übersetzer". Herausgegeben von Ludwig Aigner. Zweiter Band: Buch des Lebens. Budapest 1883, S. 358. – Der Herausgeber dankt Frau Ilonka Jochum-Bohrmann für den Hinweis auf dieses Gedicht.

Polgar, Alfred, geb. 1873, gest. 1955, österreichischer Schriftsteller. *Hühnerhof* **(S. 216)** in: A.P.: „Orchester von oben". Rowohlt Verlag. Berlin 1955, S. 243-246. © Rowohlt Verlag GmbH, Hamburg

Puschkin, Alexander S., geb. 1799, gest. 1837, russischer Dichter. *Das goldene Hähnchen* **(S. 62)** in: A.S.P.: „Das goldene Fischlein". Deutsche Übersetzung von Ervin Walter. Berlin 1925, S. 58-69

W.S. (mehr nicht bekannt). *Huhn und Biene* **(S. 124)** in: „Die Gartenlaube. Illustrirtes Familienblatt", Jahrgang 1864, Heft 35, S. 560. Der Text wurde übernommen von der Wikipedia-Volltext-Datenbank der „Gartenlaube".

Scriver, Christian, geb. 1629, gest. 1693, deutscher Kirchenlieddichter und Erbauungsschriftsteller. *Das Huhn* **(S. 112)** in: „Gotthold's 400 zufällige Andachten bei Betrachtung mancherlei Dinge der Kunst und Natur und bei verschiedenen Veranlassungen zur Ehre Gottes, Besserung des Gemüths und Uebung der Gottseligkeit : Geschöpfet, aufgefaßt und entworfen von Christian Scriver". Aufs Neue vollständig u. beinahe unverändert hrsg. von e. Verehrer d. sel. Scriver. Schwäbisch Hall und Leipzig 1842 (zuerst Ende des 17. Jh.s)

Spitteler, Carl, geb. 1845, gest. 1924, Schweizer Schriftsteller und Essayist. *Das blinde Huhn* **(S. 170)** in: C.S.: „Extramundana. Schmetterlinge. Literarische

Gleichnisse. Balladen. Glockenlieder" (= Gesammelte Werke Band 3). Zürich 1945, S. 405

Steiner, Carl Josef, geb. 1866 und gest. 1933 in Ostpreußen, Lehrer und naturkundlicher Autor. *Das Huhn nach seiner Stellung ...* **(S. 19)** aus: „Die Tierwelt nach ihrer Stellung in Mythologie und Volksglauben, in Sitte und Sage, in Geschichte und Litteratur, im Sprichwort und Volksfest. Beiträge zur Belebung des naturkundlichen Unterrichts und zur Pflege einer sinnigen Naturbetrachtung für Schule und Haus gesammelt und herausgegeben von Carl J. Steiner". Gotha 1891, S. 206-215

Stilling, Heinrich, geb. 1883, gest. 1947, Schweizer Schriftsteller. *Die Geschichte vom Hahne Caligula und einer Henne unbekannten Namens* **(S. 182)** in: H.S.: „Buntes Allerlei. Sieben Kurzgeschichten". Zürich und Leipzig 1937, S. 5-16. Für wertvolle Hinweise danke ich Herrn Dr. h.c. Charles Linsmayer, Zürich.

Stoppe, Daniel, geb. 1697, gest. 1747, deutscher Lyriker und Fabeldichter aus Schlesien. *Die Henne* **(S. 40)** aus: „Neue Fabeln oder Moralische Gedichte, der Jugend zu einem nützlichen Zeitvertreibe aufgesetzt von Daniel Stoppen. Zweyter Theil". Breßlau 1745, S. 15-16

Storm, Theodor, geb.1817, gest. 1888, deutscher Lyriker und Schriftsteller. *In der Frühe* **(S. 115)** in: Th. St.: „Gedichte", Kiel 1852, S. 62

Tucholsky, Kurt, geb. 1890, gest. 1935, deutscher Journalist, Feuilletonist, Kritiker und Schriftsteller. *Regenschwere Pause* **(S. 172)** in: „Die Weltbühne". Nr. 27 vom

5. 7. 1927, S. 35. Der Autor veröffentlichte dieses Feuilleton unter dem Pseudonym Kaspar Hauser.

Ukrainisches Märchen. *Warum sich die Gänse im Wasser waschen, die Katzen sich auf dem Ofen putzen und die Hühner im Straßenstaub scharren* **(S. 59)** in: „Das fliegende Schiff. Ukrainische Volksmärchen". Aus dem Ukrainischen von Jona Gruber. Kiew ³1983 (Erstauflage Kiew 1979; gedruckt in der UdSSR), S. 13-14

Voß, Johann Heinrich, geb.1751, gest. 1826, deutscher Dichter und Übersetzer. *Auf unsern Haushahn* **(S. 114)** in: J.H.V.: „Sämtliche Gedichte. 6. Theil: Oden und Lieder. Vermischte Gedichte, Fabeln und Epigramme". Königsberg 1802, S. 183-184

Wagenfeld, Fried(e)rich, geb. 1810, gest. 1846, deutscher Philologe und Nachdichter mündlich überlieferter Sagen. *Die Bremer Gluckhenne* **(S. 37)** in: „Bremen's Volkssagen". Herausgegeben von Friederich Wagenfeld. Erster Band. Bremen 1845, S. 7-8

Wenger, Lisa, geb. 1858, gest. 1941, Schweizer Malerin und Schriftstellerin. *Als das Hühnchen zur Schule sollte* **(S. 43)** in: L.W.: „Amoralische Fabeln". Jena 1920, S. 9-13

Zell, Theodor (Ps. für Leopold Bauke), geb. 1862, gest. 1924, deutscher Jurist, Schriftsteller und Fachbuchautor (u.a. über Tiere). *Das Huhn und das Automobil** **(S. 127)** aus: „Neue Tierbeobachtungen. Von Dr. Th. Zell". Stuttgart 1919. Auszug aus Kapitel „Unsere Haustiere und das Automobil".

Besuch kommt von Heimsuchung

Worte und Widerworte aus aller Welt zu einem nicht immer reinen Vergnügen – doch mit gutem Ausgang. Als Mitbringsel serviert von Axel Dornemann. Mit Zeichnungen von Ute Freiburger
BoD | ISBN: 978-3-7575-1115-0 | Broschur. 138 Seiten

Mit großen Sprüchen und weisen Worten von über 40 Autorinnen und Autoren aus aller Herren Länder. Das erste Buch, das sich in ironisch-satirischem Ton einem unserer beliebtesten und gleichzeitig gefürchtetsten gesellschaftlichen Freizeitvergnügen widmet: dem Besuch im privaten Rahmen. Als Mitbringsel bestens geeignet!

━ ━ ━ ━ ━

Axel Dornemann:

Das geteilte Deutschland in der Literatur der alten Bundesrepublik 1949 bis 1990 (2015)
Eine annotierte Bibliographie

BoD | ISBN: 978-3-7562-0412-0 | Geb., 254 Seiten

Hier wird erstmals in einer Gesamtschau die ‚schöne' Literatur der westdeutschen Teilrepublik vorgestellt, die zentral um Stacheldraht, Mauer, Flucht, Trennungsschmerz und die vielen anderen körperlichen und seelischen Qualen, welche die Teilung Deutschlands mit sich brachte, kreist. – Neben dem Roman, der Erzählung und Kurzgeschichte fanden auch der Essay, der Reisebericht und die Reiseprosa, die Autobiographie, das Tagebuch, das Schauspiel und die Jugendliteratur Berücksichtigung. Eine zweite Abteilung stellt schließlich die Anthologien und Sammelbände zum Thema vor.

LÄND EIER

REGIONALER
NACHHALTIGER
LECKERER

KURZ
BAUERNHOF

WIR SIND
AUCH AUF
SOCIAL MEDIA!

Für mehr Tierwohl!

FAMILIEN-UNTERNEHMEN
AUS LIEBE ZUR REGION

Unser Geflügelhof ist seit über 60 Jahren ein landwirtschaftlicher Familienbetrieb und im idyllischen Kirbachtal beheimatet.

Wir bewirtschaften etwas mehr als 100 Hektar Wiesen und Äcker in Hohenhaslach, Ochsenbach und Spielberg. Unsere Tiere bekommen als Futter heimisches Getreide.

WWW.KURZ-HOF.DE